U0923509

宰赫拉的故事

〔黎巴嫩〕哈娜·谢赫 著

陆孝修　厉　津 译

華文出版社
SINO-CULTURE PRESS

حكاية زهرة

حنان الشيخ

写在前面

黎巴嫩位于地中海东岸，有着悠久的历史和古老的文明，历史上曾多次辗转于罗马帝国、阿拉伯帝国和土耳其奥斯曼帝国的统治下，二十世纪初还沦为法国的委任统治地。西方的近现代文明为黎巴嫩带来了阶级、宗族、民族、宗教和东西方等诸多矛盾，也客观上自觉或不自觉地将西方的近代文明、文化和价值观念带了进来，促使国内的先进知识分子对本民族的落后现象进行反思、改革，进而争取平等、自由、民主。

黎巴嫩是中东地区第二小国，国土面积仅一万零四百平方千米，人口不足四百万（其中巴勒斯坦难民就占了四十万），是中东地区唯一的国内信仰基督教和伊斯兰教分庭抗礼的阿拉伯国家。有这样的说法：三个爱尔兰人会组成两个政党，但三个黎巴嫩人除了组成三个政党，教派下又有不同的组织和派别，形成错综复杂的宗派网。有意思的是，国家、政府和军队的领导也是按教派的信众和实力分配的：总统必须由基督教马龙派担任，总理来自伊斯兰教逊尼派，议长和副议长由什叶派和希腊东正教出任；军队也如此，司令来自马龙派，参谋长则由德鲁兹派军官担任。如此的规定必然将同一宗教间各派的矛盾以及不同宗教间冲突双方的矛盾和斗争反映到政权机构内部，再加上超级大国的插手，往往使这个弹丸小国中的各派动不动就闹得兄弟阋墙、兵戎相见，打得你死我活。1975年，两大宗教在对待巴勒斯坦解放组织总部进驻黎巴嫩的问题上持截然相反的立场，终于引发了一场罕见的长达十五年之久的内战。小说《宰赫拉的故事》就是作者以这场旷日持久、荒唐的内战为背景，以一个伊斯兰教家庭中女儿宰赫拉的身份和目光，回忆了从幼年到青年时期在家庭和社会里的种种遭遇。

作者哈娜·谢赫，黎巴嫩女作家，出生在贝鲁特一个严谨的家庭里，幼年和青年时期受父兄的严格管教，在穆斯林女子中学接受了传统、正规的伊斯兰教育，后转入私校。1966年毕业于埃及开罗美国女子大学，旋即受聘为贝鲁特《白日报》记者。1975年内战爆发后再次离开黎巴嫩去沙特阿拉伯工作和写作，后迁往伦敦。

在近现代的阿拉伯复兴运动中，黎巴嫩和埃及一样，是走在前列的。哈娜的文学生涯紧跟像纳瓦勒·萨阿达维这样的当代阿拉伯埃及妇女运动作家的脚步，毫不隐瞒地向中东阿拉伯传统社会结构中女性的地位发起挑战。她的作品中被压得喘不过气来的家族管制不仅来自其父兄，更有自小成长的周围邻居的影响，其结果便造就了她的作品成为提高阿拉伯穆斯林世界中妇女社会地位的一种表现——挑战性观念、宗教权威、女性的端庄以及男女间的亲昵。

《宰赫拉的故事》是谢赫的成名作。故事分两部分，上半部描写青春期的宰赫拉对家庭的痛苦回忆：哥哥的辍学、几个陌生的求婚者、一个教派不同又可以交心的舅舅、远渡非洲避难的得与失；下半部写出了内战中的贝鲁特和百姓的遭遇：邂逅狙击手、战争改变了人性。故事末尾意外的珠胎暗结和暴风雨中的小产，似是宰赫拉爱情寻觅的一条主线，也是她似有所悟地总结出的人生真谛。

黎巴嫩的作家受存在主义影响较大，女性作家尤甚。十五年内战以及阿以之间的民族战争往往是他们关注的题材。自1970年以来，哈娜·谢赫已发表中长篇小说九部（几乎都已译成英、法、德、西等多种语言），作为一个高产作家，其作品在阿拉伯妇女题材和文学性获得很高的社会评价，还被公认为描写黎巴嫩内战的作家群中的佼佼者，许多文评家赞赏她不仅写出了黎巴嫩女性的状态和境况，更描绘出了黎巴嫩内战期间人性的表现。

陆孝修

2017年12月

目录

卷一　和平的伤疤

一、宰赫拉的记忆

我们躲在门后，吓得浑身发抖。耳朵里只听到自己怦怦的心跳声，夹杂着按在我嘴上的她的脉搏声。我闻到她手上一股淡淡的肥皂和洋葱味。这只手能永远这么按着多好，暖暖的丰润的手……门开着一条缝，我们俩躲在门后面，屋里一片漆黑。脚步声喧嚣声越来越近，门被推开了，一缕日光忽地透射进来。我们本能地紧贴着门后的墙，叠在一起的腕上顿时渗过来一股恐惧的寒流。

按在嘴上的指头压得更实了。由于过度惊吓，我觉得心跳正在消散，脉息也已隐去。门口探进一个肥硕的大脑袋，左右一晃，看见我们了? 还是没有看见? 我明白了，原来就是这一下，把我吓得半死，也让她死按着我的嘴不松手。妈妈像往常一样要我穿上那条深蓝的呢裤，套上编结的绿上衣。她帮我梳头编小辫，梳子时不时沾一下碗里的清水。她手里忙着，嘴里不停地吓唬我——如果还像往常那样不听话，不跟她去见邵基大夫，一准好好打我一顿，声音大得好像有意要说给我爸听。一听她这么说，我总试着回忆邵基大夫给我打针的情景，但不知怎么又想不起这个人的模样。妈妈拉着我的手走下楼梯时，我还在想。我问妈妈 :“他为什么要给我打针? 我偷懒啦? 还是老师说因为我老在班上尿裤子，所以她要用酸奶擦我脸，把我关进新同学的屋子里? ” 妈妈听完我的话叹了口气 :“唉，别闹了，你没看见我卖了金镯子给你买的钙针？瞧瞧你那双罗圈腿。”她看着我的腿，“一条左撇，一条右撇。”

就这样，我们躲在门后面，眼泪直在我眼眶里打转转，不知怎么就是没淌出来。我们俩傻站着，那只白皙的手离开了我的嘴，却死抓着我的手不放。这时，半开的门边，一张白净的脸正吃力地往黑黝黝的屋里看。看见了，又似乎没看见。手松开了，白脸盘不见了，门又重新关上。

虽然我们俩紧抱在一起，我还是怕得要死，起了一身鸡皮疙瘩。过了一阵，多长时间已经无法判定，外头究竟出了什么事，会出什么事，我也弄不清楚，我唯一感到的就是冷和怕。

门上钥匙眼里有滑拨声，眼前出现一张我见过的男人的脸。我见过他把头偎在我妈妈的怀里。他西服上衣的颜色和式样早已牢牢地刻进我的脑海。他来过我们家一次，身边还有一个女人。就是这个男人，我一见他，他就会从口袋里掏出一个粉红的橡皮娃娃给我玩。要是他见到我，一准会把我高高举向天空。现在就是这个男人，拉着我妈妈的手站在我们面前。妈妈拉着我的手，我们三人都坐在床上。我坐没坐，记不清了，可能靠着妈妈的腿。尽管没有了恐惧感，但我还在发抖，浑身不舒服。我很明白，不舒服主要是我们没有像妈妈说的那样去邵基大夫的诊所。妈妈向我保证能治好病，我也深信不疑。但今天去大夫家一路上看到的，却完全不是往日看惯了的沾有星星点点大小污渍的花园围墙。墙的故事我知道得不少，同样，我也清楚蝙蝠每天夜里都去糟蹋穆罕默德老爹的无花果，然后在对面墙上留下一滩滩绯红或深蓝色的污渍。我至今也没弄明白，蝙蝠为什么尽糟践无花果而不吃？为什么独独挑中了老爹这棵无花果树？今天我既没看到这道围墙，更没看到穆罕默德老爹，指头也没摸到那蓝的红的污渍。我也没回头去看无花果树，更没有去找蝙蝠，甚至都没问妈妈，蝙蝠是不是喜欢啄食人的眼珠子。

一路上，妈妈一遍遍地保证，这条路没走错，我信她。妈妈的话我当然得信。尽管事后证明不是这么回事，但我得相信；尽管后来见到的人不是邵基大夫，我也得信；尽管那天见面的气氛与往日大相径庭，针管也没扎进我的屁股，但我还是得信。我始终回忆不起来那天早上在那间不是邵基大夫屋子里的经过，也想不起那个男人和妈妈两人的对话。这难道是我当年年纪太小，还是那次会面后接踵而来的漫长日子模糊了遥远的过去？要不是因为我也参与了这次和邵基大夫的会面，小脑瓜里塞满了他诊所里的林林总总、屋里的陈设和医生熟悉的脸庞？成团的细节充塞在我头脑里，逼得我只能去正视它。可我什么也没有看见。

可是母亲和我还有我最不喜欢的她的朋友一起到大马士革的情景却记得清清楚楚。她似乎意识到我的冷淡。我讨厌她的肤色，不喜欢她的两片厚嘴唇和波状的发辫。一路上，她有时投来冷峻刺人的一瞥。有时，当我贴在妈妈耳边悄悄告诉她我要吐了，她立刻让司机把车停在路边，这时她会插上一句："姑娘，你要多讨厌有多讨厌，实在让人无法容忍。"一出汽车，不恶心了，但回到车里，我又难受了。这个时候，我能捕捉到她眼里那一种不耐烦、厌恶的目光。当车停两次、三次时，这种表情更为明显。到第四次时，妈妈也不理会我的要求，她的朋友也重新点上烟卷，嚼起了口香糖。就在这节骨眼上，我实在憋不住了，一口吐在胸前，接着又吐了妈妈一身。她急忙抽回放在司机大腿上的左手。车里响起两个女人一声高过一声的嗓门。

我们到目的地了。前天，我还在不断跟自己说，我要去大马士革了。现在大马士革到了。我说："我到了。刚才还在另一个地方呢。"新居和过去住的简直找不出多大的差别。妈妈把我放在有床的那间小屋里，那里铺了新瓷砖，放了些新家具。我很想睁着眼，可是瞌睡和炎热的天气却把我征服了。不知过了多久，好像听到一阵敲门声。我实在睁不开眼。可是门越敲越响，还传来一声声叫喊:“快开门，这里是旅馆，不是妓院。”我一下跳起身。只见母亲揭开床单站起身来。那个男人别过脸转过身，忙着拉上裤子。这时我才奇怪地看到他和妈妈竟然在一张床上。是不是因为我大了一点儿，明白了一些事情，还是由于我过去看到爸爸和妈妈一直是分床睡的？我奇怪敲门声和喊声都停止了。妈妈打开房门，怒气冲冲的敲门人看见的是我依偎在妈妈的怀里。

还有一则回忆，我已经到了能充分辨别农村和城市生活的年龄段。我很怕眼睛发炎，所以自从听说无花果会引起眼睛疼痛发炎后，从不吃无花果，也不去碰无花果树。洗手时，我把锡壶牢牢夹在两腿间，弯下身去，目的是保持壶身平稳、水流顺畅，不像我初来村里时一下子把壶水泼洒满地。农村生活就是这样的：摊鸡蛋烧的是荆棘柴火，蚊子咬叮得脸上身上满是疙瘩。穆斯塔法在麦秸草搭起的凉棚下哼小调“杜姆努……杜姆杜杜……”我也不会吃无花果，连碰都不碰。在无花果树底下走时，也不敢用手擦眼睛。穆斯塔法把我驮在他肩膀上哼着“杜姆努”小调散步时，我总是两手捂起眼睛催他快把我送回妈妈所在的草棚子里。他问我是谁胡诌无花果会引发红眼病？我回答他：“来农村前听贝鲁特邻居说的‘采无花果，得红眼病’。”

穆斯塔法笑了又笑，笑完了还不肯送我回草棚。直到泪珠子顺着我脸颊往下滚，他才起步往回走。快近草棚了，他的哼哼也变成嘹亮的歌声：回来了……回来了，回来了，我们带回了新嫁娘。妈妈穿着一身条纹蓝袍，用一把梳子把披肩长发绾在脖颈部，从棚子里探出头来，接着肩后面又探出一个男人的脑袋。这个人抱过我来又亲又吻，顺手塞过一个小布娃娃给我玩。他朝外看了一眼，手里一块雪白的手帕蒙在鼻子上，下巴缩到喉头，使劲压住鼻孔。接着，头转向后面，打开手绢，又一次蒙在鼻子上，破口大骂。妈妈很尴尬，不知怎么办，又想说什么：“这只讨厌的蚊子怎么进来的？”穆斯塔法什么也没问，以为这个男人的鼻子里进了一只虫子。

我突然感到整个村子似乎滑脱了手心远离而去，妈妈也不在身边了。这个男人跟着我们，这里只剩下母亲、我和阵阵清风。我和妈妈间的距离忽然变远了，更深更宽、裂隙更大了，尽管过去双方相处得好似脐橙和顶端的大橙。启程回家时，那种相亲相近、那些漫长的日日夜夜，那个留在我们头顶上挥之不去的欢跃的太阳都消失了。一路上，我有足够的时间细细观察一番我的母亲。在我身边时我留意她，不和我一起时我观察她。盯着她看时我在思索。我好想把她一把拉过来，也想把我送过去。我多么想摸摸她的脸，让她的脸贴靠着我的脸。我想躲在她的裙子里，让我们母女俩比脐橙和大橙还要亲。可不知怎么，当我一想起这些，心头便冒出一股怨气，浑身战栗，仇恨、痛苦、希冀也都埋进了心底。当我不听她话、逃开时，她也有意无意装着不管。这个男人成了她生活的中心，但围绕着她的只剩下飞舞的余烬和逐渐淡薄的记忆。多少次我不停地问自己，可那种莫名的感觉总是挥之不去。直到今天，我还在问：这种感觉的情理究竟是什么？是忌妒？是同情我父亲？还是陪着她去和这个男人幽会时无时无刻压在心头的恐惧？这种恐惧使我像隔着瓢泼大雨的玻璃或热气熏的镜面看东西——模糊一片。我的思绪无处归属，我也别无所求，一切都麻木瘫痪了。

回忆里，一次我见她坐在一棵苍绿的核桃树下。他头靠在她膝上，听她对着他微闭的双眼唱着《我熟睡的情人》。他蒙眬的脸盘和头发，懒散地伸开四肢躺在无沙无尘、微红的山石上。诱人的石头干净得发亮，好像刚有人泼了一瓢水，让它在灿烂的阳光和核桃树的阴影下慢慢蒸干。一见那男人和妈妈在一起、听到她的声音，我会像一个老妇人一样原地蹲下，放声大哭。相信全世界连外太空都会听见我的号啕。可他们俩没有动静。我妈妈的歌声没有停止，依然在唱《我熟睡的情人》。这时，我开始唱了：“情人小姐，我亲爱的，我的灵魂和鲜血在沸腾。”可他俩不理我。我又蹲下大哭，同时，这样的情景一再出现在我眼前：她的手轻轻地抚弄着他的头发，《我熟睡的情人》依然回荡在耳边。

当我年岁渐长，惆怅地回顾往事的时候，谜团自行解开了，秘密失去了它的神秘性。我更无法原谅母亲当年把一个这么年幼的我，整个浸沉在狼狈、为难、神秘的境地里。只有到了今天，我才完全明白，当年我们为什么在门后发抖。那个男人的大脑袋为什么伸进来扫了一眼、看见了又似乎没看见的真正含义。还有那蝙蝠弄脏的墙头、穆罕默德家的无花果树、大马士革、我的晕车……喔，还有那单人床。只有到了今天，我才明白，我们在雨里走、从泥浆里拔不出腿来的秘密。周围的树木像一个个活人，投来警惕的目光。我们在雨里跑跑停停，母亲扬手跟人打招呼，但当我想看清对方时她又猛地把我拉开，深深叹了一口气，接着冒雨再跑，再陷进泥潭里。我呀，完全应该等到今天，等这些谜团自行解开。

至于我爸，他简直迷上了电车。我等着总有一天他会拖着一辆电车回家。他的表带一根链，表总是塞在卡其裤裤袋里。每晚睡前他习惯把闹铃的发条开足，早上一丝不苟地伸出手去按定叮叮响的铃声，然后套上长裤，一面掏出他那宝贝的带链的表，凑近耳边听听，再郑重其事地放进裤袋，穿上卡其布衬衫，戴好帽子，浑身上下清一色的卡其布衣装。他从不忘吩咐我们：“宰赫拉，上学别晚了。还有你，艾哈迈德，记得把学费收据拿回来。”从清早到傍晚他上班就是开电车。回家的信号是拉响客厅角落里的小铃，一家人里只有他固执地进门拉铃。“你好啊，宝贝。艾哈迈德呢？”他边说边挂好那顶电车帽。“你妈呢？”他问着，脱下卡其布夹克顺手套在椅背上。完成这些动作后，他从不忘记掏出挂表贴在耳旁听一下再放回去。

爸爸、艾哈迈德和我围坐在厨房圆桌旁。桌上的锦葵浓汤里飘着几块鸡肉。是鸡肉还是蒜瓣？呵，是鸡肉！可我不敢伸手。早些时候我的晚餐也是锦葵浓汤，但没有半点儿鸡肉。悲剧一再发生。妈妈从不给我一星半点儿的鸡或者肉吃。荤腥的东西她总藏起来给艾哈迈德，有时留给我爸。这种方式她一辈子也没改。也有可能她自己也不吃鸡不沾肉。我敢肯定她不沾荤腥，因为我们和她从来都在一张桌上吃晚饭的。每天，我们在饭桌边坐定，她的“爱好”也马上开始了：她端出我们吃的酸奶煮麦片，先给我的盘子里盛满，再给艾哈迈德盛；接着她会不遗余力地给他找肉。她会拿过一把大号漏勺，鱼钩般地落进汤锅里。啊，罐头肉末和肉丝被打捞出来了，它们都被舀进了艾哈迈德的盘子里，落进了艾哈迈德的肚子里。

我妈有时候也会打破沉寂：“明天我想带宰赫拉回一趟村里，我爸病了。穆斯塔法打电话给杂货店老板捎来的话这么说的。”她又会加上一句，“给我五个里拉吧。”我爸皱着眉头一声不吭，当然也没给这五个里拉。她就趁我爸在厨房时从夹克口袋里拿了一点儿。我指指墙上挂的一张照片提醒她我爸会看见的。墙上是我爸穿卡其布工作服的照片。可她只是笑了笑。

第二天，我们去农村探望了身体健硕、红光满面的外公。他正麻利地把烟叶往扦棒上穿，然后挂起来晒干，动作麻利得像在捻嘴唇上的小胡子。村里也有人想和我们一起干，但不是在这里，所以他以为我们今天是来取登记的文件。妈妈在姥爷的挂满绿烟叶的小棚子里待不上半个钟头。这段时间里，我欢天喜地地投进外公的怀里，求他留我和他在这熟悉温存的小屋里多玩片刻。因为一种可以触摸但又无法解释的感觉使我难以面对：羞怯、忌妒、恐惧和其他什么的混合物。这一回他们俩会不会挑一棵苹果树？橘子树？还是其他什么树底下去躺着？

汽车停在海边，沙滩上只有一棵枝叶凋零的枯树，白白的沙地上扔着一些垃圾。我捡了一只旧高跟鞋。他俩看了我手里的东西，眉目传情，好一阵大笑。就是那一刻别提我对他们有多讨厌了。他们奚落我，让我感到无地自容、缺乏信心和嗫嚅无言。

接下来又是什么呢？周围环境对我完全是陌生的。我们再也没有去树下或海边，而是进了一间小屋，屋里几乎没有什么家具。那男人把我们留在屋里，自己去车里拿旅行包。我和妈妈交换了一下眼色，我想在她狐疑的脸上读出点儿什么：为什么她老要带上我？为什么总想折磨我？她不明白我的感觉吗？恐怕不知道。我在她面前从来就是一声不吭的。那男人翻动旅行包的响声打断了我的思绪，只见他随手撕开手里的红烧鸡，在每人面前的纸盘子里放上一块。纸做的盘子我可是生平第一回看见。我抓起那块特大的鸡块自忖道：如果外公现在问我，现在吃鸡了，你高兴了吧。我会回答他："不，一点儿也不，外公！"我不好意思在这个男人面前抬头，怕嚼鸡肉、大口吞咽时嘴里出声；我不好意思在他面前用手从嘴里拿出小骨头，宁可强咽下肚，忍受骨头滑过食管的痛楚；我也不好意思去啃贴着骨头的肉。尽管肉香诱人，我肚子又饿得咕咕叫。"不，外公，我决不馋它！"吃完鸡，一场谈话让我明白了妈妈为什么总要拉着我跟她在一起的真正缘由。她非常需要我的保护，她希望我们母女俩是脐橙上的橘子。她需要我保护她。他们在讨论宰赫拉该不该去沙滩上玩。但妈妈抢在我前面回答得干脆利落："不！"尽管她知道我也知道，我是不会张口的。接着她很快地告诉我们昨天晚上她做的一个梦，梦中她伤心得不停地撕扯自己的头发。她说，不放心让宰赫拉到水边去。那男人问，可不可以让宰赫拉在楼梯上玩她美丽的橡皮娃娃。说着，他又从口袋里掏出一个橡皮娃娃递给我。我依然木偶似的坐着。我妈又替我拦着说，她担心魔鬼会悄悄地拉我到海边去。这次那男人要求我妈跟他去隔壁房里，说有东西让她看。妈妈起身随他走了几步，一面看着我，我也看着她，似乎在求她留下来。我要拉她过来，到我身边来，同样也把我推过去。可我听到的却是关门的声音，外屋里只剩下我的啜泣声。我多想上去打开那扇门，但当时没那样做。我肯定是走开了，没有看到这样的镜头：他的头靠在她怀里，她的手指在他发间抚弄，嘴里哼着《我熟睡的情人》。事情跟我和伊布梯沙姆一起坐过山车那种感觉一样：车在高空里，疾速地在天地间转圈，让我像闪电划过天地。等下到地面时，我下半截身子、两条腿都像在不停地转，要离我远去。过山车重又盘旋上升，周而复始，我的下身和双腿后缩，身子僵直，心口怦怦乱跳。我抓紧铁扶手，汗液使它变得湿滑。我牙齿上下打战，诅咒这种游戏，也骂我自己为什么去体验这种经验。车终于回到起点,带着我们停下了。我想到了火狱，这种下落就像滑进火狱、滚进深渊。

我多想上去打开那扇门，虽然不太知道门后面我会看到什么。只是想他们头靠在怀里，东西喂进嘴里，核桃树下她被抱起来，掉了一只鞋，他口口声声喊“妈妈”走得更远？我不知道。至今我只知道这个男人和我妈之间有着共享的秘密。

我仍陷入沉思中，突然，雨点般的巴掌重重地落在我头上脸上。穿一身卡其布的开电车的主儿冲着我嚷嚷。母亲怕我说了实话，她神经质的声音冲我嚷嚷。“给我说实话！你跟你妈都去哪里了？他把你们俩弄到哪里去了？”

母亲哭着喊着：“主啊，你疯了不是，易卜拉欣！别折磨孩子了。你听到的都是嚼舌头的，都是诽谤。放了孩子吧，易卜拉欣！”父亲丝毫没有理会母亲的要求，一个劲儿地扇我，嗓音紧压着我的双唇，想从我脸上挖出点儿什么来。我害怕这座尊神的卡其布制服，害怕他的电车,害怕他结实的身板——他的一切都让我心惊胆战。我浑身战栗，放声大哭。但这一切都没能盖过母亲的号啕。父亲掴她的脸，撕扯她的头发。母亲逃进厨房，留下我一人在屋里像一尊木雕的守护神，时不时发出一两声抽噎。这次我听清父亲的吼叫了:“法蒂玛,你一定是疯了！真不要脸！你得了神经病。”传来母亲抽抽搭搭的哭声：“我死了算了！”

我已经记不起我是怎么进的厨房。我闻到一股煤气味。母亲哆哆嗦嗦地扑在碗柜上，无助地伸着手想从他的指头下脱身出来，嘴里断断续续哭喊着："让我……去死吧！"我想奔过去，拉她到我身边，重又变成脐橙上的大小橙子。我又大喊，和她一起放声大哭。我已经意识不到我站在哪里，哪里是我的场所，哪里是我的情结，对谁表达我的情结。真为难啊！不过有一点可以肯定的是我真怕我爸，怕他打我、打我妈。眼下她还在他手里发抖、挣扎。我只听到她话里的一言半语，她说："我向主发誓，向天房克尔白发誓，我没在他面前脱过一只袜子。只有一回，天下雨了，他让我和宰赫拉从里达·索尔赫广场骑马回来。我以先知的女儿栽娜卜发誓，我连袜子都没脱过。"父亲听了最后一句话手松了一下，可过不了一会儿又发疯似的吼了起来："好，法蒂玛，你不是以《古兰经》发誓吗？"母亲大哭："我发誓一百五十次，我以《古兰经》发誓，我以栽娜卜的名字发誓。"

父亲松手了，我跑回自己的房里，想法抹去那种使我难堪的痕迹，袜子的话又出现在记忆里。不一会儿，重又响起的哭喊呻吟声里夹杂着愤怒的嗓音。怎么又闹开了？我也吓得大哭，猛地冲进了厨房。

眼前的景象是母亲瘫倒在地上，结实的父亲穿着卡其布制服，手拿皮腰带往她身上抽。她面前摆着一本《古兰经》。"发誓呀！"他一声接一声吼道，"发誓！当我面发誓！"母亲以脸碰击厨房里的条石地，父亲像吸了大麻叶的醉汉，只会说一个词："发誓……"间或加上一句，"当着我面。"

一看她满脸血污，我学着母亲过去的动作，又扯头发又拍打胸脯，然后爬上靠窗的一张椅子，拨开窗台上还没晒干的橙皮。我原本是想喊隔邻的尔撒过来救命。可父亲还以为我要跳楼，扔下母亲，向我奔来。这一刹那我因为怕他，还真有跳下去的念头。身后的母亲积聚了浑身力气，跳起身逃进卫生间，把自己反锁在里面。

二、宰赫拉在非洲

在我踏入非洲机场的一瞬间，我不认为认出舅舅的形象还能有什么问题，尽管这一生里我见他不超过五次。他“逃进非洲”开始流亡生涯前，难得来我们家一次，可是他依然活在我们中间，还是过去的活法，还是过去的方式。家庭的谈话里少不了提起他，外公的嘴边总带着他，姨妈们的心里始终惦记着他，特别是那个乌法小姨。她才比我大两岁，友谊经常让我忘了我们是姨妈和外甥女的关系。

什么事一和我舅舅哈希姆挂上钩总有点儿不同寻常：他的言谈、他的生活方式、他吃的东西、他的朋友。他离家后曾经在美国大学附近的一栋楼里租了一间房住。

我们一起去南边探望外公时，乌法小姨会告诉他，哈希姆爱吃生蚝，爱吃蜗牛。他买了留声机和唱片，还教小姨和她朋友跳探戈。夏天去游泳时住都户尔·舒威尔的豪华宾馆，他可以不理会看门人的警告，把租来的汽车或自己的摩托车泊在警察局大楼的入口处。他也会不顾邻居的异样目光，趁父母回乡下时把几个女朋友请进他们的排屋里。他也敢吹着口哨，手插在裤袋里，浑身散发着科隆香水味，露着运动员一样的肩膀昂首挺胸在街上走。他还敢在家里召开党员会（他加入了叙利亚民族党），把党徽——红色风暴画挂在进门的墙上。他对妹妹乌法很严厉……但我外公听了总回答：“为什么全世界没有一个人敢面对哈希姆？”外公在木屋里挂烟叶时会这么说：“哈希姆是我的两个拳头，如果不是他在贝鲁特，我早把他妈和乌法接回乡下来住了。”

舅舅这个人我没见过几回，可我能从所有亲戚家客厅里的众多照片中认出他来。这些照片深深印在我的脑海里，连最小的细节也都丝毫不差地刻录了下来，因为照片里有几个赤身裸体的黑人。除了挂着的珠链和象牙项链外，他们确实一丝不挂。

我正在机场上找舅舅时，他已经认出了我。他后来告诉我：“你是唯一的年轻姑娘，其余的都是娘儿们了。”我自忖道：娘儿们、乳房、金手镯、怀着的孩子，手上抱的孩子、奶瓶……还有手袋里的奶嘴……正想着，他过来了，我问了好，他在我脸上亲了一下。啊，他跟照片上的变化太大了。人矮了不少，但结实多了。可是一开口说话，我完全可以肯定他是我舅舅。他的嗓音像我妈，也带点儿南方口音，头发的颜色和质地也一如我妈。但在车里和他坐在一起时，我觉得很别扭，突然懊悔为什么答应了他的邀请。尴尬可能是表达我当时的状态和感受的唯一方式。我考虑只在这里待一个月（而不是当初计划好的一年）。整一个月？和他在一起？我们能读点儿什么呢？我怎么行动呢？为了摆脱这些疑虑，我向同车的另一个姑娘提了不少问题，她就住在邻区。车到舅舅家，门上有一张留言，是他家的黑人仆人留下的，告诉他会晚一点儿来做晚餐。我立刻问舅舅，这个用人是不是住在这里。回答是否定的，我又感到一阵不快。

踏进他的房间——现在成为我的了，我立刻喜欢上了。宽大的居室，有许多阿拉伯言情书籍，墙上挂着标准的黎巴嫩历书。

舅舅踱进房来，坐进我对面的一张椅子里，开始讲起黎巴嫩，讲起这里的犹太复国主义者的宣传以及黎巴嫩不注意对犹太复国主义者谎言的反击。话里谈得最多的是祖国、观念主义和关心国家兴亡的人。一开始我没有和他讨论，我根本没有注意听他在讲什么。可是当他一而再再而三地重复同样的话题后，我才发觉他多么渴望回家。他置身于非洲，头脑里装的是一个象征性的祖国，但他相信他考虑的是今天活生生的祖国。今天他置身非洲千百万黑人中，想象自己正指挥着他们，但又奇怪为什么不能回国，不能治理自己的国家。他念念不忘祖国，不忘祖国的山川、平原、大海。他的话题一次又一次回到这一点上。他对家乡的思念出奇地清澈、生动，他的理想主义又是如此的深邃。当我实在觉得厌烦时，会打断他的话，喊道 :“卫生间在哪里? ”去卫生间要推开厨房门，穿过一道窄窄的过道，两边的架子上塞满了堆到天花板的电视机、收音机、录音机等杂物。我第一次看到这副模样，还担心东西掉下来砸到头上。第二次已经习以为常了。到第三次走过时，还会放心地把头抬得高高的，看看东西是不是还摆在老地方。有一回，我在过道尽头的小厕所里还心满意足地计划这一整天要干点儿什么，然后把它当作一个能保护我的观察孔。

没多久，舅舅开始打扰我了。每天早上七点他会轻手轻脚走进我的房间，有时又故意弄出点儿声音，想叫醒我。可我一直装睡。这时他就撩开窗帘，我还是躺着不动。他实在没办法，进客厅把收音机开得大大的，可我仍然一动不动地闭着眼睛。这时他会走进卧室坐在床边摸我的脸。第一回，我想这一定是叫醒人的习惯动作，可他的手一直在我的腮边不挪开，直到我不好意思地转过脸去，之后便是拉开窗帘的响动。这是最后让我跳下床、要去厕所的信号。头几天，我一直不明白为什么不让我睡个痛快。很快，我才发觉这是他要引起我对他的充分注意。

他骚扰我最严重的一次是在电影院里。那天晚上我陪他进了影厅。灯光渐熄，影片开始放映，我感到有个动作立刻被我的理智拒绝了。这是无法说出口更无法解释的。舅舅伸过来的一条胳臂紧紧搂着我的肩头。他手掌压在我肩上时，我不敢喘息，不敢相信，更不敢动弹。

这次我确实很紧张，和他保持了一点儿距离。银幕上的演员变得模糊不清，我再也无法清醒地看什么东西。刹那间，我好像回到了大马士革的小屋里，醒来时看到母亲疯了似的从男人的床上跳起来。

接着，我又像在迪友饭店区姨妈家里和外公在一起。只见他从南边往我们贝鲁特的家里背来一铁桶鲜奶，奶在小姨家的台阶上洒了。外公让我坐在他腿上，他力图忘却这场小小的不愉快。我正好利用这个机会安心坐着，手放在他背上。我喜欢外公，也喜欢他给我的爱，我无忧无虑地坐在他膝头上，看着小姨从矮树丛上收回晒干的衣物，一面顺手摘几小片干叶放在外公鼻子底下闻香。老人会高兴得不断说："喔，这新茶的香味真像酸面点心。"就势要支烟抽。看着小姨又回去收衣服，我便趴在外公耳边问他小姨会不会从树上给他摘一支烟回来。他哈哈大笑，抱着我说："宰赫拉呀，不会的，不会的。"跳下外公的膝头，小姨还在收衣服，我跟她进了厨房。她打开橱柜，递过来两支烟。

我似乎又进了另一个世界。小姨的窗正对着医院的病房，来来往往的护士都穿得一身雪白，窗台上有一块肥皂，鼻子里飘进医院特有的气味。

那天晚上我们和小姨住在一起。她过几天去非洲，丢下她那快进贝鲁特大学的儿子卡西姆。外公问起她卡西姆的情况，她回答说：

"他在这里也待不长。"这时卡西姆正好进来，他弯下身子去吻外公的手，一边盯着我看，似乎在使劲搜索我究竟是谁。小姨看到他的表情，笑着说："唉哟，卡西姆，她是我姐姐法蒂玛的姑娘，不认识了？"卡西姆不好意思地嗫嚅着："我当然知道她了。艾哈迈德最近怎么样？进什么学校了？"

外公这时向我表达了他失望的情绪："这一个家呀，跟陌生人一样：不问候，不说话，不来往。大家就跟仇人似的。家徒有其名了。"晚上，我就靠着外公的床打了个地铺。那天的夜是那么黑，真是伸手不见五指地黑。我突然觉得一只冰冷的手迅速地摸向我的衬裤。我醒了，吃惊地坐起身来，手突然消失了，但惊恐和寒冷依然使我战抖。尽管周围一片漆黑，我还是看到了卡西姆惊慌的一对白镜片，一闪即逝，一切又重归寂静。那一夜过得真是太辛苦了，似乎不是现实中的一个夜晚。我在地铺上坐等天亮，直到屋里出现一丝微弱的晨光，头才敢挨枕头。

小姨的脚步声来到我们床边，她叫外公起床："爸，醒醒，该起床做礼拜了。五点半，晨礼的时间快到了。"外公醒了，嘴里咕哝着什么。我想着昨晚的事，一肚子的委屈、害怕和担心。

现在我坐在影院里，相仿的感觉又袭上心头，抵消了舅舅在我眼里的尊重与敬爱。可是舅舅的手指还在搜索，一下子我的手被他抓住了，我鼓足勇气抽了出来，甩脱了他的纠缠，我双手合十，暗中祈祷别再来了。汗湿透了绞紧的掌心，可我希望它是血，只要不是伤口皮肉中流的鲜血，我真希望它淌，从脸上甚至周身。

我内心的创口在流血，像喷泉汹涌。我想大哭一场，想逃跑，想大喊，喊得灯光重新放亮，电影停演。我恨那晚熟悉的黑暗，恨一个个眼睛盯着银幕的点点人头。可我想到，过不了多久灯光又会照亮大厅每个角落，戏终人散，舅舅会和我驱车回家。我又希望电影最好永不休止，因为，当灯光再度闪亮时，许多日夜将平安度过，它们会给我机会埋葬我的忧伤和恐惧。但我明白，这一切我将永远无法忘怀。

坐进车里后，我一直想引入话题，甚至简单地说上一句："希望你不要葬送了我在这里的日子。你弄得我烦透了。"

日子一天天过去，我试图埋葬伤痛，可总忍不住会想到舅舅压在我肩上的手。他的举动就是男人对女人的行为。自从我对他表示冷淡后，他再也没敢来搂我。但我又产生了一层新的不安，整天像丢了魂似的。我能怎么样他？这只手是我舅舅的手。如果我放声大喊，今后我们的目光又如何交接？我怎么还能跟他一起回家？万一我突然决定回贝鲁特，我还能让他送我去机场吗？只能过些日子，让他觉得我是同意的。因为我既没有想象中的哆嗦，也没有高喊反抗，只是每天早上反锁了厕所的门，像囚犯一样待着。在贝鲁特家中，害怕父亲和我对视时他的目光，害怕他发现我的心事，害怕他会杀了我，我常逃进厕所。我父亲野蛮残暴。我相信人的外貌确定性格这一说：他永远皱眉蹙额，厚厚的嘴唇上留着两撇希特勒式的小胡子，身板粗壮结实。我一点儿没有看错。他暴躁易怒，脾气大。在他眼里，黑就是应当比黑还黑。

或许是他这种暴戾的性格使我的脸免于破相。他一见我在弄脸上的青春痘就臭骂一顿。我的手指头在脸上摸，找到一颗后，抠去干表皮，使劲挤，不挤到指头沾上一滴血决不停手。就这样多次以后，每当和对方礼貌性问候时，手指往往先于语言。我照镜子，脸上经常是痘痘和干血形成的棕黑色的血痂。这时，我就给妇女杂志写信要求治疗。

我的陋习保持了很长时间。每当父亲抓住我在镜子面前摆弄粉刺时，往往大发雷霆，不是给我一个耳光就是朝母亲大吼，挖苦她："宰赫拉成亲那天才是大喜的日子，对她和对她抠成开花馒头的脸都是大好事。"

看到我的人常常这么为我的粉刺开脱："这是青春痘，过几天不知不觉就没有了。""恐怕是糖吃多了。""是不是泡菜辣椒吃多了？"父亲会粗暴地打断他们的话："全是任性的后果，是她自己一手造成的。"他的评论大大地刺伤了我。今天，回首往事，我发现只要一看到他的卡其布制服、希特勒式的小胡子，还有在屋里的大吼小叫无休止地和母亲发生冲突，只要出现这些，我和他的关系就开始紧张。

我爸的梦想之一是攒足了钱送我哥哥艾哈迈德去美国读电机工程。为什么偏要读电机工程，我想象不出。艾哈迈德几乎不读书不写字，总被学校开除。父亲独有的严厉和威胁对他儿子来说丝毫不起作用。尽管如此，他想送艾哈迈德去美国的念头自始至终坚不可摧。他们宠着他。肉给艾哈迈德吃，鸡蛋留给艾哈迈德，鲜西红柿是给艾哈迈德准备的，最大的橄榄也是属于他的。哪天艾哈迈德晚上回家晚了，母亲会抖乱他的床，在他被子里塞进一个枕头。万一父亲问起，她会战战兢兢地回答："艾哈迈德睡了。"甚至儿子趁她熟睡之际偷她的金手镯，她也为他瞒天过海。一次她突然从梦中惊醒，发现臂上的金镯有一个已经退了下来。艾哈迈德慌慌张张跑了。可她一声不吭，套上镯子，重又呼呼大睡。

艾哈迈德比我大七岁。在我们俩之间还有一对龙凤胎。兄妹俩在母亲堕胎中先后在一只瓷汤碗中没活多久。为什么母亲要让这两个大不过指头的肉球在汤碗里游泳，而她却伸直四肢躺在床上？正规助产婆伊兹迪哈尔晃晃脑袋。表示歉意还是高兴？我不知道。没有人管这事。我只记得四邻八舍的女人都过来向母亲道喜，一个个仔细看过了汤碗里游动着的小生命，叫道："奉至仁至慈的安拉之名，赞美造物主，完全成形了。"人群中有个嘴快的，问母亲："为什么一次次地打掉他们？"旁边一个更心直口快的，啐了唾沫，把汤碗推在一边，说道："呸，我最瞧不上人了。我们就这么造出来的？！这会儿像个指甲盖，将来能变成一头骡子。"

母亲靠在隔邻大嫂身上去了趟厕所，回床上时脸色蜡黄。但从闪亮的眼睛看出她高兴得想蹦起来。她实在不想再从父亲那里要孩子了。每次我们去看外公，在晾烟叶的棚子里她总要提离婚这个字，外公呵斥她："安拉宽恕你，法蒂玛！求主宽恕你吧，孩子！"

对舅舅的憎恶和恐惧感使我对什么事都慎之又慎，经常避免在他和我之间陷入尴尬的境地。有一次，他在我屋里偷看我昨天晚上写下的日记被我抓住了。我像一只小母老虎似的猛扑过去。不是力量支持我的行动，而是看到他正在读我写的那一段良心上的责备和羞愧：老话说得好："听诗人麦斯欧迪说比见他本人更受益。……认识这个人后我失望到了极点，人和他的信比，差别太大了。我怀疑他是个糊涂虫……"

我冲过去从他手里抢过日记本。看来他还没有看得太多，因为他神经质地叫道："有什么可怕的？为什么凶成这个样？"

我精疲力竭地坐在床上，心想，这种行为和我父亲简直一模一样，尤其是发着脾气走出房门的样子。我踅进厕所，听到了我的心声：厕所，你算是跑不了了，你是我在非洲的最爱，当然还有架子上的旧电器。我扯下了日记本上乱写的那页，撕得粉碎，但没有扔进抽水马桶，我已经完全不信任舅舅了，所以我用一张手纸把碎纸包好，藏在内裤里。它们现在在我肚子下面，谁也不知道我写的是舅舅。然后，在另一页上写下我对非洲、对天气和黑人的印象。开门前，内心涌起一丝喜悦，也没忘记对我的小聪明和智胜父亲所施的骗术自鸣得意一番。

我偷偷把日记本放回床上原来的地方。舅舅进来看见本子，拿起来说道："看来你真是有头脑了。"可读了一会儿，他扔下笔记本生气说道："这是刚写的，你这个骗子。"他重又发狂似的在屋里翻找，像一只误入禁区又找不到出路的雄鹰，又像一只饥饿的耗子四处觅食。接着他去厕所。我先听到冲马桶声，接着是水流声。我能感到碎纸片在肚子下面，但还是害怕他会想到搜身。我想得入神，竟然没有发觉他悄悄回了房间，设法找我的藏纸呢。可是顽固的人哪，纸片正安全地放在我两腿之间。除非它们喊着要出来，背叛我，否则你就是把非洲最好的星相家找来也不能发现丝毫的线索。

一夜过去了，舅舅几乎没跟我说一句话。第二天，他的独身朋友来请我们吃晚饭。我又一次觉得好像置身贝鲁特家里锁上门的小厕所里。我感到十分安全，尽管和陌生人在一起多少有点儿别扭。和第一次见面的人相处，我习惯性地会去摸脸上的粉刺。不过，怎么说见了舅舅的朋友还是非常高兴。

让我充分了解舅舅个性的日记事件发生后，我等着他对我使性子，尤其是当我掌握主动权时。

第二天我们去了一个饭店。里面有个非洲歌女，动情地唱着法语、西班牙语歌曲。舅舅的一个朋友马吉德请我跳舞，弄得我手忙脚乱，不知所措。我只在以前学校联欢会和一个比我小的姑娘跳过一次舞。这场舞我跳得毫无节奏，自始至终在踩他的脚。我两手汗湿，脸始终没有对着他。可他也跳得慌里慌张，还突然提出想跟我结婚，就这样，没头没脑地见面头一次就说这话。我大吃一惊，被弄糊涂了。可他一个劲儿地要我给个答复。我保持缄默。他便开始解释自己的经济情况、对生活的看法，似乎想在舞曲终止前说清楚他的一生。我还是装聋作哑，心想一定是非洲太阳的灼热吞噬了这些人的理智。突然我觉得舅舅的行为不再乖谬，和我跳舞的马吉德也恢复了常态，我遇到的这些民众都染上了这样的传染病。

难道移民国外的人离开了自己的乡土就会变态？和我跳舞的在舞曲结束前一定要有个说法，我只好装聋作哑。

回家路上，舅舅吃醋了，他问我这个马吉德跟我说了些什么？我据实说了。他皱起眉头："多可怕！他果真是突然这么问你的？马吉德……这个人太不讲策略了。好！那你是怎么回答的？"

我说我什么也没讲。

我坐在床上。天很热，我还是盖着被单。我想清理一下头脑。失败的非洲之行后怎么办？去哪里？这一天一定会来到：我丈夫将发现我不是个处女。我堕过两次胎。我来非洲，但不是来游山玩水或只为认识我这个舅舅，我是以这个理由坚持让他发邀请信的。那么，就是说，是我的信让他这么对待我的。我现在是在非洲，主要是我想远离贝鲁特。

我父亲坚持让我嫁给艾哈迈德的朋友萨米尔，他也来求过几次婚。我都拒绝了。不过他这个人我觉得还算中意。拒婚的唯一理由只能是非童贞或流产，可我都不是，这是个秘密。父亲靠着我的肩膀恶神似的问道："安拉彻知萨米尔为什么要娶你，他看中你什么了？瞧你那张花里胡哨、长满痘痘、坑坑洼洼的脸！"如果我想回答，会这么告诉这个魔鬼："他想娶我，因为我文静，因为他没看见我的牙齿，因为我不报复他的妄自尊大，因为我在他眼里还是个大问号。"但我懒得做任何解释，只淡淡地回答道："我不结婚，一辈子不结。"母亲会尖声喊叫："你会变成老姑娘的，你已经是老姑娘了。振作起来，在他没改变主意前快答应了吧。"而我依然故我地回答她："我不结婚，就是不结！"父亲冷静了稍许，他想知道我不结婚的缘由："宰赫拉，你相中了哪个愿意跟他结婚的，没关系，跟我们说就是了。"我的答案深深埋在心底。我把马立克的形象抛得远远的，我把汽车库那张小床上他让我直挺挺躺在他身上的记忆抛得远远的，我把他惯常放在钱包里那张妻儿的相片抛得远远的。这张相片是他和我在咖啡馆里掏钱包结账时我偶尔看到的，去那里的多是怕被别人在公众场合发现的情人。

我已经把对他的思念逐出了我的躯体，这种思念我从没有向他或狂热的情绪有过反应，就像推开老医生为我做人流伸过来的手一样，做完手术后回家的情景已经被我彻底抹去。那天我夹紧双腿，这样父亲便发现不了我的秘密。我甚至抹去了咖啡馆里我最熟悉的那把椅子的记忆。马立克常带我去那间咖啡馆，那里是他自始至终用爱情的言辞引诱我的地方。他引经据典，我信了。我信服他的论点和观念。有我这张脸和这种身材的人都很容易轻信上当。或许这也是事后我为自己的行为自圆其说的依据。他说多么喜欢我这张脸当然也包括脸上的痘痘，外表的损毁正好激起了他的需要。甚至当他压在我身上夺取我童贞时也不忘信誓旦旦地这么保证。而我当时只剩下了害怕。

我直挺挺地躺着，只觉得我和其他的女孩子一样，父母亲都心地狭窄，可是当父亲的形象出现时，我像被电击了一下。这件事万一被父亲觉察，我肯定死路一条。他会毫不犹豫拿起刀子，哪怕后半生要在监狱里度过也在所不惜。他能熟练地把我的脖子和身体分开。啊！我要从记忆里抹干净这些场面，可父亲穿卡其布的身子却顽强地返回并重新扎根固守，还有马立克在我身上短暂时间的活动告一段落后，等我离开他朋友的车库，他也可以走。我没有从他嘴里听过一句关于我们的未来，眼前的就更没有了，有的只是爱。可是爱结束了。我就这样抹去了林林总总的印象，就这样埋葬了结婚的念头。

人工流产后不久，我离开了马立克，我恨他。记得最后一次离开里琪烟草公司车间时，看见他站在汽车边冲我点头，意思叫我过去。我那天很不舒服，但还是过去了。他身上和他的汽车似乎有股强拗不过的磁力。走近他时，一股凉意扫遍周身。尽管头巾包着头发和耳朵，我浑身战栗。早晨一场雨弄得半湿的双脚冰凉彻骨，背脊骨僵直抽缩，嘴唇发干。记得脸上的粉刺在流产后一个也没有消去。

我哆哆嗦嗦来到他身边。马立克坐进汽车，伸手打开车门。我没有告诉他身体不适，径直坐了上去。坐定后，努力不让身子发抖，不让牙齿打战。车开了一阵，和往日一样停下了，他先进了楼里。我虽然还在发抖，连站着或移步都困难，但没有迟疑，也没有考虑过不跟他进去。我略一回顾进了大楼，下两级台阶就是那间略显荒凉、让人产生不了躲进那些停着的汽车里的念头，让车轮保护我的双脚，让车前灯保护我的双手，让车身保护我的身体。现在除了脚步声，我孤身一人走进大楼尽头转弯处的房间里。推开半开的房门，我又开始发抖，牙齿打战。

他拉着我的双手，让我坐在屋里唯一的家具上：一张竹床，床上铺着一床带有棕黄污渍的被子。我还在发抖，就是像他第一次带我进这屋里时那样地发抖。每次来我都发抖，但不明白为什么还来。这里也是我们第一次约会时他大谈友谊的地方。有意思的是，为什么一对男女为着一杯咖啡在咖啡馆里相会就成了他俩了不起的大事？还要听那男的胡诌，他看不起那些让亚当和夏娃没有友谊空间可言的习俗。

我们第二次约会时，他告诉我已经设法为我在郊区的里琪烟草公司里谋到一个打字员的职位。一天早上，我哥哥曾经送我去他房地产公司办公室，为我找了一份工作。马立克给我找工作的事我过去前稍稍犹豫过，但他是我哥哥的朋友，也是我家的熟客。每天傍晚他和艾哈迈德一起回家，带上一小篮子鸡蛋、西红柿或肉末。两人在厨房同桌用晚餐，放声大笑。

我们第三次约会时他就开始谈爱情，征引纪伯伦的语录，分析柏拉图式的恋爱。他没有忘记诅咒婚姻和养儿育女，饶有兴趣地一再宣称要和我结婚。但我的沉默使他没有敢再往下发挥。

在我们第四次约会时，他拉着我的手，设法转移了服务员的注意，快速地吻了我。对已经发生的和即将发生的，我欣然接受。对他的话我言听计从，很少发表我的看法。因为我极怕在公众场合被人看到，这种恐惧心理使我失去了警惕。和他坐在一起我的眼睛总是警觉地看着房门。门外每声脚步响都对我的心痛苦一击，每个声音都像在我肉上扎了一针。但对他的要求我却百依百顺，自始至终很少开口。他第一次提出在车库的小屋里时，我想拒绝。他立刻把我说服了。说这是为了我，也为了我的将来，不能让任何人看到我和一个已婚男人在一起。我眼前马上出现了父亲卡其布的身子、希特勒式的小胡子把我从床上揪起来拉进厨房、随后又去盘问马立克的情景。

我们第一次进车库小屋时，他的舌头似乎短了一截，也不给我上爱情、柏拉图式恋爱和纪伯伦语录的课了。他开始吻我。我一动不动，头脑里只是想着扣住我胸罩的别针，但愿他不去碰它。想着我长筒袜上有个洞，希望他不要发现，也想着从今天开始要注意内裤保持干净。他吻我时，从不会因为我的消极而恼火，做爱时也不会因为我的被动而不快。那次完事后，我看到腿上和被单上的血渍，那是我处女的象征。我对他说："在主面前发誓，我们完婚了。我就要你说这一句。"可他死活不肯说"我们完婚了"，理由是不想束缚我的自由，不愿意挡我的道。于是一个又一个大报告说开了，从男女平等说到有利于双方保持良好关系，等等。我依然说得很少很少。他不肯说没有影响我们的关系，我只能隔几天到车库后面的小屋里去看他。我们在咖啡馆的约会取消了，坐车兜风取消了，他的许多承诺也不见了。今天，当我想到，怀孕和打胎后一定能左右他、控制我们的关系，这种想法使我不寒而栗。我想他会跟我聊聊天，可这也是我的一厢情愿。一见面，他会冲过来乱吻，直到我把他推开。然后他会漫不经心地撩起我的衣衫，既不亲吻也不把我脱光就要做爱。顿时我觉得一阵恶心，和在人工流产手术台上的感觉一模一样。

手术前，老医生让一个护士扶我躺下。她已过了中年，微胖，弄头发涂唇膏都不用看镜子。开始我还以为是自己麻药没退而出现的幻觉。可眼前明明是她站着，梳完头发又用唇膏勾嘴型。我扭过头去，求主别让我再见到她，千万别让她发现我是未婚先孕的。手术后，她一个劲儿地说："走吧，亲爱的。你老公会想死你的。快走吧，宝贝儿！"她要我马上离开医院，可我人还站不稳，麻药还没过去。我背过脸去，这样她记不住我脸，很快便会把我忘了。我再次祈祷，这辈子再也别见她了。可是我估计错了，之后我又见过她两次，一次是我去找老医生修复处女膜，另一次是房事时马立克一下子弄坏了老医生亲手做的膜，他知道这是假的就说不痛快。结果又怀孕了，我不得不再去做手术。

"舅舅，求你了，告诉我你为什么躺在我身边？"多么希望我能亲口跟他说，"舅舅，如果你能听到我的心跳，能看见我灵魂深处堆积的憎恶和愤怒，如果只有你知道我的真实思想，那有多好！我心烦意乱。我恨你，更恨我自己，恨我自己沉默不语。什么时候我的灵魂会像一个把赎回的爱情拱手出让的女人那样呐喊？”

我待着不动。脸上一无表情，看着和死人没两样。可是我内心里在激战，从头顶到脚趾，只在征战的路上留下些许残肢断足。这时他过来了，拉起我的手，我指甲上还残留着月经的痕迹。这是昨夜我检查这月的例假是否到来的证据。他拉起手，舐吃我的指头，发觉有一股怪味，但还是靠了过来，说昨天夜里他如何思念家里的人。这时，虽然他穿着长裤，我也裹着睡袍，但我能感到他勃起的东西在我腿上有规律地颤动。我猛地坐起身来，张嘴想说话、想喊叫、想恫吓、想反对……但我只喃喃地说了一句：“为什么不让我睡一会儿？”

我心烦意乱地下了床，就像每天一早他来叫醒我时引起的不痛快，而不是这次的举动。我冲过堆满电视机的过道跑进厕所，坐在马桶上放声大哭，声音大得整个非洲都听得见。

我把脸埋进手心里，合上眼睛。我发觉自己已经置身在小草棚里，和妈妈在一起。我半睡半醒，搔蚊子咬起的疙瘩。我不敢睁眼，怕手上的无花果汁让我害红眼病。耳边传来窃窃私语声，我和母亲一起睡的唯一的地铺上有响动。是有什么动作，接着身下的垫子一阵颤动，我又听到了另一种声音。我屈起身子，大腿贴近胸口，手扶下巴。我就这样挤作一团，响动忽然停止了。我保持这个姿势，不久便昏昏睡去。第二天早上醒来，看到妈妈的男朋友在棚子外面喝咖啡。那天晚上睡着后我还是被那种声音和低语声吵醒了。我翻过去身，蜷成一团，声音悠然而止。这次我保持清醒，但冷汗湿透了身下的被褥。由于熬夜，我两眼通红，由于屏气，我呼吸短促。由于指甲的抠挖，我手心流血，我不敢直面妈妈的眼睛，也无法抬头看一眼就在外公穆斯塔法屋旁小棚里的那个男人。

小厕所的门上响起剥啄声和舅舅的声音。我抬起头。但我又觉得门外发生的事和我没什么关系，所以重又把脸埋进手心。一阵暖意流遍全身，妈妈白皙的圆脸重新出现在眼前：一个甜甜的酒靥、一双碧蓝的眼睛、一头披肩的美发、丰腴的臂膀、蓝丝长袍和遮掩她白皙圆脸的黑面纱。我又看见他和她一直在“靠近核桃树”的山坡上。接着，我看到自己在猛踢葡萄藤，树倒了。她的情人飞奔过来，把我高高抱起，拧我，盯着我腿上的淤伤。我看见妈妈穿着宽大的睡袍坐在地上，头埋在掌心里。我也见过她给一个我最不喜欢的女友看照片。妈妈笑着捏着照片，有点儿迟疑，带点儿羞怯。我还看见她另一张在这个男人怀里的相片。我想找相片里我的身影，但怎么找也没有，尽管他们身后是我熟悉的核桃树和那块干净的棕黄色的花岗岩。

门上的剥啄声和舅舅的声音固执地响着。我缓缓抬起头，似乎声音和我没有一点儿关系。我重又把头埋进掌心，似乎能筑起一道保护我的薄壁。时间过去了多少我全然不知。

再抬起头的时候，我发现门已经打开，破碎的门板悬在头顶上。舅舅站在身边，脸上、手上青筋毕露。

“你怎么弄成这样了？”他摇晃我，“你怎么弄成这副样子？”

厕所里静得可怕，似乎任何事都不曾发生过。我仍然坐在马桶上没有抬头。一会儿，我像梦游似的站起来走出厕所。没有一点儿阻拦，甚至连舅舅的喊声和跟在后面的脚步声都听不见。我像在睡觉，但又在行走，在站停。又过了不知多久，我发现自己又躺回床上，边上是舅舅和另一个男人，我觉得手上一阵刺痛，但连抬指头的力气都没有了。那个人想用法语问我什么。我什么也不懂。他走出房间，舅舅尾随着。

又过了多少天？又过了多少夜？我不知道。时间欺骗了我，非洲欺骗了我。屋里有空调，但我还是觉得天热。从窗户里看出去，天空怎么是灰沉沉的。我注意到鸟为什么喜欢在云端里、树梢上。苍蝇总是请求窗户和大门上的蜘蛛网放它一条生路，哪怕只进屋里待一分钟。舅舅坐在我面前，黑用人端着一个盘子，又拿出去了。我没有力气张口，手腕底下填了个软枕，医生正在查找什么。恍惚之中，不知道什么东西在我手上轻轻刺了一下,有点儿痛。我还是没有力气抬起来看上一眼。舅舅的声音从远处传来，我奇怪他在求我跟他讲话。难道他不知道我办不到吗？我想讲，但出不了声音。只有当我快要失控时，才摸索着慢慢下床。去厕所的路上我会在镜子前看上一眼，抚摩一下脸颊，长长抽一口气。红红的脸庞有点儿肿，嘴唇厚了些，发出蓝色。回来钻进被单里，我坐着休息，瞪着我舅舅。他还是想从我嘴里掏出一句半句话来，但我只是静静坐在那张永恒不变的床上。窗外景色依旧：苍蝇挂在网上，鸟儿在飞翔，树梢，灰色的天空。

考虑了许多天以后，我记起马吉德说过要娶我的话。这个念头我每每把它打发走了，但如今它又顽固地出现在脑海里。或许我正处在这种情况下：任何东西既存在又不存在。谁能来责备我？我不正处在非常时期吗？

在贝鲁特也有过这种情况，那是我发觉第二次怀孕以后。马立克和我一起到老医生和护士那里定下了适合做手术的时间。我看见他的嘴在动，声音也清晰地传过来，但就是不知道他在说什么，也不想知道。我宽舒地坐着，眼睛习惯了车库的小屋，似乎我的命也由它定夺，逃不开这间屋子。我规规矩矩地坐着，努力在记忆里搜索为什么来到这里,可是不行。我熟悉马立克的脸和身子,就是不知道他在说些什么。就像习惯的来往汽车的嘈杂，影响了听力，以至无法分辨他说的每句话。我又试了一次，这一回马立克冲我发脾气了，大眼睛变成了一条缝。我集中精力想听清他在说什么，但是一切都徒劳无益，我忘光了事先商量好的做法，在我身上一切都成了空白。我疲惫地坐着，看看他的脸，看看房门，又看看地。我意识到他过来使劲拉我起来，把我塞进汽车，开到了老医生的诊所。我觉得下腹一阵针刺似的疼痛。还没来得及对护士小姐闭上眼睛，我发现自己已经回家了。母亲在身边号啕大哭，她的头发用一块白手巾绾在头顶上，我似睡非睡地躺在床上。我对马立克来家里跟母亲谈话非常紧张。母亲不停地哭。我奇怪父亲在哪里。身上的麻药还没过去。我睁眼时就问外公去哪里了，可一闭眼就什么都不知道了。他们把我送进贝鲁特的一家医院里，医生天天跟我谈几个钟头的话，我回答了什么早就不记得了，但医院的例行公事倒记得很清楚。医院的任何要求我都照做不误。我身上的每个细胞、每根骨头、每滴血医院都用电疗法冲击、震撼。我想，今后我会一直处于这种情况，一生都改变不了。很难相信，我还能够像他们安排的那样，违反我自己的意愿，让我的舌头永远禁锢在塑料房子里。经过这些让我离开又要我回到正常情况的电疗后，我能返回烟草公司工作，过上正常人的生活，一切都好像没有发生过。好像是别的女人，而不是曾经在医院住过一个星期的我。

后来发生的不同情况是，父亲对我的态度变了，比过去友好，也能说上更多的话。母亲担心我会跟别人提起在精神病院的事，她让我对做电疗必须绝对保密，她时刻问我，有多少人在经理问马立克之前看到我出了事。母亲唠唠叨叨说起这些事，而我恨死了马立克的撒谎和欺骗。

在非洲，我离开了病床，恢复了以往的胃口，我又想起马吉德的求婚。我在琢磨怎么瞒过、不让他发现我是一个做过两次流产的女人。这件事弄得我晚上睡不好觉，白天不得安生。每天都是天一亮就看是出太阳还是下雨、担惊受怕，害怕父亲知道了真相。我不时异想天开地安慰自己：天性会阻止他了解我的秘密。这种天性能挡住声音进入耳朵，他强烈的性格会保护我。我从没有问过自己怕父亲什么，精神上的还是肉体上的？这种害怕是各部分害怕的混合体，总之，是足以使形象倒下的害怕。这个形象我复印了几百份，分发给了幼年时期、青年时期就认识我的人。娴静寡言的宰赫拉；高贵的公主宰赫拉，我外公给我的外号；恋家的宰赫拉，有事没事总会羞怯地红着脸；用功勤奋的宰赫拉，读书到半夜，和她哥哥艾哈迈德完全相反；不让皮鞋沾上一点儿灰尘的宰赫拉；从不对男人包括哥哥的朋友露齿微笑的宰赫拉；光着身子、玉体横陈在车库肮脏床上的宰赫拉；躺在老医生手术台上无力反抗，怀孕两次、做流产两次、修补处女膜一次的宰赫拉。这一切都为了一个不爱她、她也不喜欢的男人，宰赫拉呀……宰赫拉。

我大汗淋漓地从菜市场回来，跟舅舅说："我同意嫁给马吉德了。"

"你在市场上见他了？"他脱口而出。

我摇摇头。不知舅舅现在在想什么，他忽然不作声了。我又主动开口问他是怎么想的。"好吧，"他低声说道，"这么说，你决心和他在首都以外的小村子里过一辈子？"

我点点头。

他起身走出房间，留下我一人坐着，集中精力策划即将呈现在马吉德面前而他又发现不了的计谋。舅舅回来了，拉起我的手。我下意识地一缩，他一本正经地叫我坐下听他说。我听话坐下了。这是第一次他让我面对面地和他谈谈我的处境。

"听着，我可以这么跟你说，因为我们彼此都很熟了。你要面临的情况不是小事，你婚前的情况马吉德一定听说过，你说呢？这不可能还有其他方面。别误解我。你是一个聪明的、普通的姑娘，但医生告诉过我，这些情况不是小事，马吉德一定听说过。我们是个规矩正直的家庭，我们不能对他有任何隐瞒。"

我发出了鸵鸟般的声音，回答他，心怦怦直跳："我的事都是你的错！"

"我的错？"他瞪大眼睛看着我，歇斯底里地问道，"我的错？你怎么能这么说呢，宰赫拉？"

我还是用鸵鸟般的尖嗓子回答他，我也不知道这些词是怎么迸出来的。

“是的,你的错。可能你不是这个意思,但我不喜欢你对我的举动。”

他嚷嚷开了:“姑娘，瞧你都说了些什么？我的什么举动？”

还是鸵鸟般的声音:“看电影时你捏着我的手……那天早上，你躺在我身边……你的举动让我犯病了。”

他站起身头也不回地走出房间。门“砰”地一声在他身后关上了。留下我一人在忏悔中战抖。

三、舅　舅

我在一条没铺砌的路上，手里拿着纸和笔，想起草一份给我妹妹法蒂玛和妹夫易卜拉欣的电报，告知他们宰赫拉要结婚的消息。突然传来一阵非洲人的笑声不由得使我停下脚步。他们已经醉了，他们昨天就醉过，每天晚上都这样醉醺醺的，长颈的啤酒瓶被举得高高的，直往喉咙里灌，一饮而尽。黑人喝酒能喝掉全世界。他们以喝酒为乐，能喝到陶醉和忘我的境地。难道这就是快乐和幸福吗？这里还留有某种搅浑你气质的撕扯，不过你不知道它们是什么。黑人的音乐没有抑扬顿挫的韵律，这种单调和独韵也从他们的喉头发出回声，它曾风靡全世界。就在我们这条街的后面，我看到他们在敞开的竹棚里摇来摆去，拿起酒瓶往嘴里倒。摇够了、跳足了便倒在地上，爬起来还发出阵阵宽厚的笑声，像力士，像魔鬼，声声不绝。

“他们为什么喝酒？”我自问道，“难道是因为他们无法找到那些参天大树的造物主？难道是因为灼热的太阳使他们永远口渴难忍？会不会因为他们的彩绘炫人眼目？还是因为在非洲有一朵绿色的玫瑰？”

当我降落在西非亚比斯塔克机场，第一次呼吸到那里的空气时，我伸出胳膊，挺起胸膛，高呼：“呼吸有多么美好！自由有多么美丽！”我不顾外面的热浪已经涌入机舱，忍不住地踏在了机场滚烫的柏油路上。

淙淙清泉在不高不矮的树林里流淌。包着黑色身体的布块花花搭搭，五色斑斓，点缀着护符、太阳、干草和贝壳的花饰。几个人懒散地躺在泉水边。站着的也是懒洋洋的,坐着的更是一副闲散样。非洲!我已经选择了你。和巴西、约旦相比，我宁愿选你。孩提时代你不断出现在我的梦中。我梦见你的大象、你的色彩和你的鼓声。这些永恒的刻痕，我早在堂姐伊勒哈姆的牙雕上抚摩过。我发誓要走近它们，将我的双唇贴在上面，这样才能真实无误地感觉它的质地。象牙有点儿像木头，但不是木头；近乎石头，但又不是真正的石头。一次，看到一些航空公司的月份牌上，你赤裸着胸膛在跳舞，或者你的男人亮着雪白的牙齿踏着鼓点的一双双脚，我会对自己说："多么希望我的女人躺着时，鼓点在身边响起，我在她身旁轻摇着鸵鸟毛的扇子，给她剥菠萝，抱住她的头，把椰子肉递到她的唇边。我要和她一起倾听密林的絮语，一起观看猎豹和人猿泰山。"

政变后，当假护照和去非洲的单程机票到了手，我很难把以上的任何一项逐一跟我党内的同志分析清楚。"事情对你不会有多大变化，你的大部分亲戚政变前都去了非洲，你去那里也是顺理成章的事，不会有人怀疑你是被通缉的。"我点点头，好像我已同意他们的说法。我们一起在昏暗的大马士革饭店里，他们也非常紧张。当街上卖酸角和菠萝的小贩敲响小铜锣时，他们的手不约而同地往腰里抓枪；听到楼梯上的木屐声，几十只眼睛也会上下左右地扫视一遍。旅馆接待处台上电话铃一响，回声传到三楼，大家都屏息凝神，一声不吭。只要有脚步声走近我们的两个房间，阿萨姆立刻抓起他的伪装眼镜戴上，里亚德也把毛线帽往头上一套。而我则迅速站到门后，抽出背后的手枪，顶上子弹，指贴扳机。在这关键时刻，我们的神经都像蜂窝里面一样乱糟糟的——不知所措，和现实同在，恐惧和勇气并存。所有这一切，强烈地在我头脑里胡搅。只有当睡意袭来，击退了我们的抵抗力，我们彻底放弃了自己。这时，被捕的可能性似乎变得无所谓了。

这么多人中，我是唯一能静坐若干小时后仍然不急不躁的。我会坐着，想象前面是玛娅，她的脸和眼睛涂得像孔雀的尾羽。我会一手拉着露依莎，坐着，红色风暴就在眼前。我会把它画在纸上，不顾母亲的反对把它挂在客厅的墙上。我会早上、中午、晚上不断亲吻萨阿德、我们党的缔造者的画像。我会把大叙利亚的地图挂在妹妹乌法的证书旁边，这是她背诵《古兰经》得的奖状。我也会梦想和第一书记、党的缔造者的夫人对话，和她的三个女儿同坐一辆汽车，穿过舒韦勒山。汽车带着我们飞驰前进。我不可能拥抱她们，能坐在一起就是我最大的幸福。我会听到党歌“叙利亚真伟大”在重复播放，也会在每次集会上高呼：“啊！生命之子，生命究竟属于谁？”男女党员会齐声高呼：“属于我们！”我又高呼：“我们的爱献给谁？”人群齐声回答：“献给叙利亚！”我又问：“谁是我们的领袖？”齐声高呼：“萨阿德！萨阿德！萨阿德！”

我会把全家的男孩女孩叫到一起，宰赫拉也在内，以半个里拉一页的奖励，要他们背记党章和信条。当我听到这些稚嫩的声音一遍又一遍地诵读党章第一页，当我开始考虑复兴我们的民族，使之站立起来，当我看到各种政治运动时，我的眼睛噙满热泪。我希望萨阿德能再活着，听听这些年轻的心正在复述他的话。

三位同志在讨论。两个说要女人，第三个认为没有必要去冒险。我站起身，去橱柜拿了一根拐杖和一个皮袋。离开房间时，伊萨姆跟了上来，对我说，必须告诉他我要去哪里，这是十分必要的。我没有开口，走下了肮脏的台阶。向前走着，公共厕所的臭味越来越浓。墙上的粉刷剥落成片状。我突然觉察到手杖是拿在手里，忘了应当拄着走。我奇怪，是不是假肢会成功地把吸引力引到腿上而不去看脸。我的头像出现在黎巴嫩的大小报刊上，一张是我在贝鲁特市中心举手行军礼。另一张上我袒着胸，双臂上令人羡慕的肌肉紧绷着，发达得像个摔跤运动员。报纸是如何在政变前夕就收集到这些照片的？同时，那天晚上，探员又怎么在乌法学习时打开木门的房间？当时我妹妹高喊“小偷！”那些人没有改弦易辙，劈手夺过她手里的书来回地翻。屋里进来一大批探员，他们翻遍了所有房间，搜查了每一寸地面。母亲坦然地领他们去了我的房间，床上整整齐齐。有人问她：“你以为我们都是傻子？快说哈希姆在哪里？”

母亲哭着摇头说：“我以安拉起誓，大侄子啊，我不知道。”

探员不死心，追着问哈希姆的父亲。

“在南边，在纳巴地亚。”母亲回答。

探员中有人挖苦她：“不知道儿子在哪里，对丈夫的去处倒清楚得很。”

“因为没人问过哈希姆去哪儿了，他在干些什么。”母亲答道。

他们仔细搜查了每个房间，像在干草垛里找一根针，这是后来有人跟我说的。他们连妹妹的笔记本也没有放过。有一个人命令其余的人上房顶，因为我们住的是联排屋，和邻居的房顶都是相通的。一个个穿着长雨衣戴帽携枪的壮汉，都跟在他后面消失了，剩下两个在门外警戒。

这时，母亲和妹妹连忙把我柜子里的东西，所有的书籍纸张一股脑儿塞进厕所的炉子里，点起一把火。书真不少。由于极为害怕，特别紧张，拿到什么就往炉子里扔，包括我的皮质眼镜盒。一股烧皮子的焦臭味弥漫着整个屋子。

就在这节骨眼上，响起一声巨大的枪声，接着又响了一声。不一会儿，那帮人立刻端着枪冲了进来，大叫道：“这帮淫妇向我们开枪了！人在哪里？”有两人把屋子又重新搜了一遍，其余人挥着枪，随后把我们和邻居的屋顶又看了一次。“我们听见枪声了，屋里有火药味。”接着检查气味的来源，他们冲进厨房，走进卫生间，发现了炉子里正在燃烧的书本纸张。他们轻蔑怀疑地看了母亲和妹妹一眼，有人提来一桶水，想浇灭炉里的火，嘴里骂骂咧咧，还伸手到炉子里抓出烧了一半的书。他蹲下一看，顿时不说什么了。烧焦的书里夹着两颗空弹壳。

接连三天，探员不断光顾我们的家。一次把母亲带走，另一次带走了乌法，一再审问她政变那天晚上半夜后在客厅里干什么？在等谁？什么时候最后一次看到她哥哥哈希姆，说了些什么？其他探员在我父亲南边的棚子里待了整整一个星期，蹲点守候，期望我的脸会从绿烟叶后面冒出来。此情此景我久违两年多了。

最后一次看见妹妹乌法时，她手里拿着两根毛衣针和彩色毛线球，和往常一样跟邻居女孩一起在巷子里。她一见我过来就想跑开，因为我多次禁止她在巷子里玩，不让她往墙上抹黄颜色。我要她学萨阿德的女儿拉吉特那样，我还没见过她在花园里手里拿一本书的时候。我不许她跟巷子里的女孩子一天到晚疯玩。当我皱着眉头严肃地盯着她，说不许她在巷子里玩时，又一次看见她拿着两根毛衣针，背贴在墙上。她一见我拔腿就想跑，战抖着声音口口声声说她不是在玩，在打毛衣，是妈妈让她打的。我没有理会她的惊慌，轻轻压着她乌黑的小辫，摆弄几下，摇了摇，放下手，在她手里塞了一个里拉。我朝她笑笑，继续快步往前走。我回头看了看，发现她对我的微笑报以一脸的惊诧。我没有像往日那样站下来训她，她回身追上了我，我没停步，又给了她一个里拉。她跟在我后面，伸出手来。两只手握在了一起。我歪过头去，看了她一眼，想说什么。我飞快地跑上楼，换了一件衣服。我找母亲，她在厨房里忙着，我过去亲了她一下，一把抱进怀里。她不解地问我今天为什么这样高兴。我说："新年到了。"只听她自言自语地说："主呀！发慈悲吧。一年又过去了，新的一年来了，我真的没注意。我来了这里，可你爸还在村子里。"

我茫然回到我的屋里，我要走了，今天白天或是晚上。临别的话散落在这里那里，散落在知心朋友、同志们标有暗号的笔记本里：阿德努斯、马尔卡特……过了今天晚上，没有党员聚会，没有集会，没有我说的、散落在这里那里的赠言。这些话尽管是火热的口号，字句铿锵，但到头来总免不了黯然褪色，纸页泛黄。

我被发展入党后，他们都听我的。我发言，我拒绝，我接受，我让步，我回头……

萨阿德被处决后，我在组织内部承担的任务改变形式了，过去的情景依然历历在目：凡是集会，从中央的到地区中心的，我都会放声高喊，我会敲省党部的大门，想听听他们在干什么，责怪他们为什么没有让世界熠熠生辉？为什么天还是这个天，水还是这些水，影院门口的标语牌依然故我，电车照常叮当行驶，出租车的喇叭照样鸣响？蔬菜摊贩仍然走街串巷？我们还能呼吸，还可以生存？难道萨阿德不是代表党，党就是萨阿德吗？萨阿德死了，党也死了。

可是生活还在继续。会上有时我会低头坐着，有时抬头高呼，痛哭流涕。有时听到主席问：“谁还有问题？”我会举手说：“我有问题，但跟事件和晚报头条标题无关。”他点头，用权威性的声调命令说：“说吧，同志。”这道命令是用标准的阿拉伯语下达的，让我觉得不可一世，有一种正规军队里真正的将军的感觉。我站起身，用背了又背的字句说道：“我们应当有所作为，不能只停留在开会、记录、这个讨论和那个辩论上。我们要行动，全体动手，像篝火炽烈地烧光这些破烂的身体，烧光把我们领袖打入坟墓的制度。”我愤怒时，说话常常伸手威胁，用一个指头指向前方，话语连珠，一吐为快。主席设法使我安静，说道：“我们明白，哈希姆同志！哈希姆同志！”我这种不假思索的讲话已经不是一次两次，恐怕有上百次了。加入组织后，我背上像安上了装满火药的大炮，时刻想让它爆炸，我和它一起爆炸。

我的堂哥赫桑向我介绍党纲。他说了又说，可我一个字也听不懂。什么大叙利亚计划，什么肥沃的新月计划。我已经十八岁了。十八年来，我们就是这样讨论这些问题的。“我们为什么要去管其他国家？为什么不多考虑一点儿我们自己，根除饥饿和贫困？”堂哥是这样回答的：“如果大家都相信大叙利亚计划，都相信肥沃的新月计划，我们国家的问题就自动解决了。”我说，我第一个要铲除的主义就是宗派主义，它像磁石一样吸引着我，我会像火箭一样向它冲去。除了宗教的差别，我什么都能理解，都能判别。

我当时热衷于所有关于飞碟及其他空中出现的以及月球上可能有生命的消息。同时，我也在思考，我们像皮球似的在太空中游动的合理性。谁能相信有人看到了另一个星球上的人也分成不同的宗教和贫富的阶级吗？

我要感谢两个人：我的妻子和赫桑。是他们让我进入如此美好、充满抒情的世界，使我成为一个有事业心的人，这种热情及其强烈的倾向拉着我，也拉着大多数黎巴嫩人。很少有一个家庭会没有自己忠诚的拥护者，学校、政府机构或私人机构都一样。那里男女老少在一遍遍高呼：叙利亚，祝你平安！叙利亚伟大！叙利亚高于一切！党对于孩子和部分妇女来说是一种不同于一般的消遣和活动。孩子们敬礼、高声歌唱，可是相对了解党的精华来说，他们还过于稚嫩。某些激进的妇女也在忙着弄明白这些主义和原则，可是她们却在这种混杂的不同气氛里变成了幸福的人。

我无法像其他同志一样天天等着开会。我需要倾听，需要讨论，然后参加另一个会，走出去，在熟识的人中间宣传党的原则和教导。不行，我要说话，要受到真正的托付，要执行每一个信念。有人怀疑我过于鲁莽。一天，赫桑告诉我：“你加入的是一个有主义、有信念的党，一个成长和发展的党，一个为未来几代人生存的党，这就是伟大的收益。”

我问道："那又怎么样？我是我，你是你，还有其他党员，然后又怎么样呢？"我提出很多问题，有关于其他相互矛盾的政党的生存问题，关于我们党的原则问题。对这些问题，我们怎能无动于衷，怎能无所作为呢？黎巴嫩的长枪党、社会进步党、还有救世党，他们的势力与日俱增，在它们反对我们党存在的情况下，我们该如何生存？

有一次我跟赫桑说，我们可以从暗杀这些党的领导人开始。他郑重其事地把我拉往一边，跟我说："哈希姆，你参加的不是土匪团伙，你是在有组织的政党里。"他接着生气地批评我，试图让我开窍，"看来我还是应当先让你成熟，然后再让你看清这个党，明白它的主义。哈希姆，别让我认为你犯了错误。"

他的这番话使我震惊，他的思路也让我感到意外。我的回答是他好像在用一个家庭主妇的眼光看党：什么都井井有条，恰如其分，经过深思熟虑。今天该洗洗涮涮，今天用来熨衣服，今天决定和男人做爱。

赫桑又来指责我的宗派主义和轻率鲁莽。我已经不和他做任何争论，也不再问其他人。我在考虑我到底该做些什么。以前我曾经表示过愿意去长枪党的一个体育俱乐部看看。会上大家都不作声，主席表示无所谓。这样我就去了。走进长枪党的领地，心不禁咚咚地跳起来。很早以前，我一直穿着宽松的运动短裤并练习举重。所以当我听到周围长枪党人锻炼发出的粗重呼吸声，内心不禁泛起憎恶和轻蔑，心想要是能举起他们中最重的杠铃扫过去，瞧着他们纷纷躺倒在俱乐部的地上有多好。

不一会儿，一个长枪党员向我建议，为什么不乘此机会熟悉一下黎巴嫩长枪党的主义和原则。这是因为他们中有人看到我和我们党内住一个区的一个同志常在一起。提建议的人斜着眼睛愤怒地看着我。

之后，我向党部提交了一份报告，我对长枪党的俱乐部也了解得更为彻底。我和长枪党党员的来往主要是在运动时。他们问我的无非是爱安拉、热爱祖国和家庭等问题。我点头表示肯定时，他们有人便笑着说 :“不用说你就是一个长枪党员了。”

我在报告中指出，长枪党党员们比我们更喜欢体育锻炼。他们的宣传比起我们同志晦涩难懂的语句更为简单明了。我离开长枪党俱乐部后，经常感到自己像在时刻要爆炸的炮筒子里，对家庭妇女十分反感。赫桑或许是对的，他对我说 :“你想证明你的党员身份，从而掩饰你是真正坚定忠诚这个事实。因为你遭受整个劣等体系的损害，其中之一就是你从没有完成大学学业，也无法参加任何合理的、要求比先天智慧更高的、基本上只有大学生懂的讨论会。”赫桑以为这么说就可以让我知难而退了。但事实上，他的言辞无意中激励我无休止地去参加各种会议。而我的辩论往往围绕着必须要采取行动 ；抓住和其他党派的争论和冲突 ；必须为大叙利亚计划开始行动 ；必须解决阿拉伯制度 ；要动手肃清神职人员和教长，等等。他们利用宗教装点门面，做镜子，背后则散布他们不光彩的宗派主义。谁站在我们民族雄心的对立面，就要毫不手软地除掉，包括搞腐败的无党派人士。他们通过腐蚀来分裂和削弱人民。

这些思想是怎么统治我的，尽管我只有十八岁。难道我是一种即将爆炸的物质，还是我真正欣赏党的主义？我无法肯定。但那天我知道了我的轻率和固执，这件事便永远铭记在心。那天我读完党员信条，但不能完全理解。正像上面说的那样我是一种引爆物质……

事情发生在贝鲁特。我堂兄赫桑在贝鲁特美国大学领导了一次群众集会。会上党的青年们喊声震天，热情万分。我更积极，走得更远。我指责党胆小如鼠，不敢抓紧时机采取行动，办什么事都停在半途。什么话，什么人，连纪律，连行为准则都不懂。党怎能忘了萨阿德之死？他们为什么不采取行动？问题早就提出来了，答案也早就有了 :“我们担心党员会被追捕，今天我们不愿见到。”追捕会降临到我们每个人头上。我的决心、我的提问、我的发作只能是煽动学生们采取行动，谋杀优素福·夏尔巴勒的导火索。正是他宣判了萨阿德的死刑。后来我在报上看到了这条消息，我又得意又生气。他们为什么没有考虑要我来执行？他们怎么就没有想到选择我呢？难道我只是一张嘴，仅能说说而已？难道我已经是走路哈腰、两手战抖的人？他们是不是认为我对自己已经心满意足，而不再需要这种天外飞来的幸福呢？我不好说。我那掺杂着喜悦的愤怒，逐渐提纯浓缩为一滴白热化盛怒的燃油。如果任务委托给我，我相信这颗子弹一定是致命的，可是计划没有要他死。我在一次会上提出抗议，话是从我嘴里说出去的，奶油已经泼洒在桌子上了，已经上了他们的文件了，难道党内还有谁谁重要，谁谁不重要吗？我们入党为的是反对这种社会传统。可是最后的答案是：看！谁想去刺杀大法官优素福·夏尔巴勒？一定是从你的村子里来的侯赛因·谢赫。我不满足，我想自己为党做点儿事。他们提议让我主管财务，但这不是我的初衷。我渴望冒险，喜欢挑战。我要让人们都知道我这么做就是为了党，我也要让他们个个暗自愧疚。我想打入琼布拉特的党，弄明白这个党的参加者想些什么，他们的会议是怎么开的，这样最后才能向他们挑战。这种想法显然无法向同志们隐瞒，但我还是没有说出来，怕他们知道了开除我。

我开始常去社会进步党党部，我发现这个党就是凯玛勒·琼布拉特，琼布拉特就是党。他不在时，党部就关门，他去穆喀塔尔别墅，总部也关门。在穆喀塔尔，有一大帮青年人围着他。党总部关着门是基本事实。我就从这一现象着手，和琼布拉特的追随者对话。我问他们为什么琼布拉特一离开，那里就不再有党了？看看叙利亚人民党，主席去世了，但党员天天增加。我看要不了多久，整个黎巴嫩就要被他们发展进去了。

最后我跟一位同志谈了我为什么犹豫再三，没有加入社会进步党。

这位同志把这个问题带到了会上，问大家这种犹豫有什么好处？那天我也在场，等着被开除的命令。由于害怕还出了一身冷汗。但最后，他们没有开除我，取而代之的是可能被开除的警告。这一点，他们太相信我了，相信我的忠诚和热情，从而宽容了我。赫桑像平时一样，把我拉到一边，语重心长地说，他如何介绍我入党，我应当注意自己每一个行动和说的每一句话。他再也无法忍受我经常表现出来的少年恶习。我真想揍他一拳，说上几句话赶他走，但我只神经质地说了下面的一番话："你把我的热情看成是煽风点火？我对党的热爱在你眼里就成了轻率鲁莽？你担心的或许是我带进党内的巨大能量。为什么你说我没有像你要求的那样，明白党的主义？你不是问我的入党动机吗？我入党是要改变国民同胞，使他们成为优秀分子，让我们团结成一个人，对付我们的共同敌人。"

赫桑打断我的话："问题就在这里。只有坚定的信仰是不够的。你和广大青年一样，迷恋于权力和力量的美梦。你以为入党是加入了一场拳击比赛？你还需要学习，读完你的大学课程。"

我的一股怒火又冒了出来，真想上去给他一拳。但我紧紧收住拳头，害怕真的一下子就揍到他的脸上。他是不是想让我离开党，回到书桌边，钻进书本里，成为低能儿？这里原因只有一个，因为我没有像他们一样"真正理解党的宣言"。

如果赫桑现在还能再见到我，啊，如果我还能见到他，我，哈希姆·阿鲁希就应当和他，我们两个同志，一起走进希哈布总统的住宅把他逮捕。我，哈希姆·阿鲁希自我赋予的这项任务就是那天晚上我们执行政变的一个部分。这场政变的目的是解除那些自称"我们就是法西斯"的信徒的武装，一旦成功，我们即将执掌政权。我们要把黎巴嫩从福阿德·希哈布的军警政体下解放出来。事情就是这样，我们不会接管统治，我们要做出榜样，不是追求荣誉和王位，让别人来统治，我们追求的就是民主统治。

赫桑啊，我的热情执着、坚持不懈绝不是一时冲动、过眼烟云。它铭刻在党内领导人的头脑里。有一天当他们绞尽脑汁要决定谁是抓福阿德·希哈布的最佳人选时，这个人非我莫属。当同志们盯住共和国卫队，使它们瘫痪后，我，哈希姆·阿鲁希将跨上一步，对希哈布说：跟我走吧！

我们腰带上别着手枪，嘴上叼着烟卷，我的嘴里、鼻孔里喷出缕缕青烟。我们仍然等着行动的口令……我的心头忽然掠过母亲的容貌，但很快便消失了。人人都很紧张。口令还没来，但广播声却响了起来，我们正等着第一号公报，报告一切都在按计划行事。可能全黎巴嫩的钟都停止了摆动，也可能这就是信号，所以尽管目标很远，我们还是发动了攻击。我们的汽车很普通，颜色也不特殊，但它像夜间沙漠中的火炬。回顾左右，感觉所有的眼睛好像都盯着我们的车。路上空无一人，但好像哪里都有目光，都明白我们的任务是去抓希哈布。我喊方向盘后面的凯玛勒，“注意了，别出意外。不用多说我们执行的是生死的任务，你知道该怎么开车。”部队检查岗上所有的眼睛确实盯着我们，勒令停车。我们不予理睬，他们马上开火。前面怎么了？枪弹横飞下突然出现路障？卫兵出动追捕？我喊道：“别停，踩足油门！”

又有情况，一辆摩托尾随着，警笛大作。我们只想着坐在车里快速前进，我要完成任务。我听到凯玛勒在说：“好像我们应该停下，看样子只是一次普通检查。”“普通检查？”我挖苦他，“如果查到了我们的武器呢？”“就是例行公事。”他回答。

“年轻人，你的身份证。祝你平安，安拉与你同在，年轻人。”

我没有回答他，警笛还在车后响着。凯玛勒回头看看，我说：

“加速前进，凯玛勒，我们必须抓到希哈布。”

尽管已经是黑夜，但天空晴朗。“来吧，凯玛勒，再快点儿！你的车一定能跑在前面。”萨阿德在拥抱我，我迸发着得意的心情，但凯玛勒和其他同志非常紧张。这是决定性的一个晚上。人的一生中难得每晚都能有如此的期盼，有这样的紧张：汽车在后面追，警笛声来自四面八方，空气中传来一声歌声：“起来，起来，亲爱的祖国！为了更新你的日月而战斗。”这是党集会和外出时唱的赞歌。我还没有来得及回想是谁曾经弹奏过这首歌时，凯玛勒已经降低了车速，说道：“前面有一辆车，打出我们的信号。”我像赶牛一样地踢他，说道：“这是圈套，快开，凯玛勒，这是阴谋。”

前面的车过来了，一张熟悉的脸探出窗外，我在会上见过他。我听见他在说我最怕听到的话：“非常遗憾，我们失败了。自己根据情况做出安排，快跑吧！”我失去了控制，但我仍能听到喊叫声夹杂着警笛的呼啸和机、步枪的射击声。这时，路障外的士兵向我们开枪。对面车上的同志还在强调：“我们失败了，年轻人，快安排吧，去大马士革，我们在那边照顾你，叙利亚万岁！”

他的车走了，我们跟着走。我对凯玛勒喊：“别信他的，我们还是完成任务。往希哈布那边开，我们要完成任务。过不了多久，他就坐在这辆车里了，就这里。”

凯玛勒停车熄火，我非常生气，打开后车门，下车后打开了他身边的车门，把他推到副座上，他想说什么，但紧张的情绪使他不断重复：“哈希姆，我们理智地谈谈、谈谈，哈希姆同志……”但我的手已经按在方向盘上，脚也踩上了油门。可能我的动作过于急促，身边凯玛勒的声音从我耳边淡出，能听到的只有警笛和嘈杂的人声。收音机还在不断地播放节目，根本没有我们想听的一号公报。歌星艾哈迈德还在唱“月光如练，照在台阶……”凯玛勒战抖的声音又在我耳边回响：“安拉彻知我们往哪里开？组织指示我们自谋生路，政变失败了。”

组织指示！都是这帮人干的好事，失败了才发指示，能有用吗？他们怎么还能发这种指示？我看最好还是自杀算了。政变已经失败，我为什么还要活下去？我过去对党内大大小小的事一贯像公鸡一样大呼小叫，赫桑和同志们经常在这个问题上劝我："不要激动，我们不需要那种蛮勇的举动。"我又听到凯玛勒战抖的声音随着汽车的抖动传了过来，"不要悲观失望，党还保持在最好的状态。我们如此快地接到指示，事实说明党没有失去控制。"

骚乱还在扩大，凯玛勒的声音折磨着我。我加大油门，想马上进攻位于朱内的总统官邸，但后备弹药可能在和卫兵的对抗冲突中被拦截了。

我开着车继续前进，迎面是兵营前的街垒。拐进一条没有铺过石子的路。盛怒之下，我开得过快，车子冲上一片没有篱笆的田地。农舍的窗上，还挂着元旦的饰物。我拔出手枪，还往前冲，终于走进了死胡同。我不得不停下来开枪还击。凯玛勒的声音又在耳边回响：

"你这是自杀，哈希姆同志，你在找死，他们要追的可能不是我们，他们像是和别的部门在交火。"

我把他推到一边："你走吧，别拦我。"

军队的枪声逐渐逼近，我们后撤，他们不断开火。双方只隔着两座楼房和几棵树，有的子弹已经打到树梢上了。凯玛勒靠近我，满头是汗，战抖地蹦出一个个字："我走了，哈希姆同志。我不想参加你个人的战斗。这等于自杀。"

我没有回答。整个晚上我就没有感觉到他的存在。传来汽车发动的声音，我忙着退出弹夹装了弹。周围一片漆黑，我忘了再想想，凯玛勒虽然小心翼翼，但由于使用了汽车，极有可能掉进了他们的圈套。枪声戛然而止，周围一片寂静，生命可能也跟着静止了。一切重归原样。枪声停止后，我再没有听到汽车马达声。

前面有声音从黑暗中传来，是愤怒的呵责声："还有谁和你在一起？快说呀，混蛋！还有几个人？”我没有听到凯玛勒的回答。耳边传来一阵殴打声。凯玛勒最后被捕了，离我才几十米远，也可能他们就在我身后，这就是自杀！我怎么可能用区区二十来颗子弹和整个军营死拼呢？或许我现在应该去大马士革，重新组织另外一次更有把握的政变。

我拔腿就跑，在枪声里穿过楼房屋宇，穿过灌木树丛，穿过浅坡低谷。“凯玛勒，你真傻呀！”我继续往前跑，前面忽然传来人声，我僵立在原地。不，不能让他们抓住，我头脑里现在只有一件事：逃到大马士革去！我转身钻进一片密林。黎巴嫩有这么个地方，我过去从来就不知道。林子里古木参天，鸟儿振翼，各种叫声引得我不断抬头左顾右盼。我抛开人声走进林子更深处，浸没在林木的浓密和静寂之中。黎巴嫩，它的斗争、政变和失败似乎从没有触动过这块地方，战争对它也就毫无意义了。我必须去大马士革，那里没有人能左右我。政变失败了，一两年内我不可能回来，也许这就是我为什么回了一趟我住的房间，向家人告别；为什么给了小妹乌法一个里拉又一个里拉；为什么我吻了母亲，又把她紧紧地抱在怀里。

走了两个小时，看到了车流的灯光。我穿行在岩石堆中，把那望而生畏的高树密林和不时被鸟声惊破的静谧统统留在了身后。尽管是深更半夜，来往的汽车依然川流不息。啊！今晚是除夕夜。我顺着地势往下走，只考虑哪里可以落脚，踩在哪块石头上，如何在满是沙砾的石头上保持平衡，这种沙石一踩上去人就发飙。荆棘刺伤了双脚，半个小腿的皮肉都被戳伤了。我继续往山下走，脑子里只考虑落脚的地点。身后传来一阵响动，我回头，但没看见什么。一条柏油马路忽然出现在眼前，离我只有几米之遥。我一阵发怵，心想：几秒钟后我将离开这片安全的林子，走在柏油路上。几秒钟前我考虑的是刺得我双脚流血的刺丛，现在走在公路上，我想的可就是藏身之地了。面对开阔平坦的大路，我怎么办？路的尽头是大海，飞驰而过的汽车像反向的逆流。

我来到公路边，一脚在路边上，一脚在路面上，但还是靠路边灌木丛一面。万一有人向我发起攻击，可以很快躲进去。寒风刺面，我翻起衬衫领子，两手插在裤袋里，嘴里吹着口哨，似乎一切称心如意，对自己对世界，都平安无事。汽车喇叭声吓了我一跳，一辆公共汽车停在不远的站上，下来一个妇女带着两个孩子和一个男人。男人爬上车顶卸行李，下来后我听到他跟司机说了句“安拉保佑你”。在车轮即将滚动时，我一个箭步，跳上踏板，和过去习惯地上电车一模一样。

离开祖国国土时我在想：难道我们真有这样的军队，它执行逮捕、密谋、找到我们党员并进行跟踪？我们有法院预审官吗？我们国家难道真是在突击、跟踪、最后是威胁和拷打中吗？回忆起总部里我的床，床头萨阿德的照片和他的语录，我真想大哭一场。我想起了母亲的脚步声。她，从来不管我下达的“开会时谁也不准干扰”的指示，穿上那双打有铁鞋钉的拖鞋，从厨房到客厅敲出踢踢踏踏的响声。她可不会等你的会结束了再走路的。

祖国现在讨厌我们。我注视着大海、河谷、山脉和空气，这些她是不会讨厌的。簇拥在她身边的是讨厌的人。可是这些人来来往往，调来调去。这些人不是祖国。祖国属于那些热爱她、为她着想、能与之协商并属于她的人。为此，祖国在生气，因为我们的政变失败了。我打算找点儿清晨的露水，用它抹去脸上的积垢，同时也包扎一下因护理不当而造成的过多的伤口。赫桑啊，我入党不再是为了取得某些东西中的一部分。我现在正以另一种形式和它在一起排斥着另一些东西。选举那天我看见祖国在哭泣，因为她多次看到积聚在无辜者和清白者口袋里的钱财被挥霍得太多太多了。当邻居和我母亲投票选举了艾迪布·古都勒时，我也哭了。不一会儿，邻居躲了起来，有人把她拽出来，尽管她已经拄了拐棍，靠在我母亲肩上，那个人还是硬把她推进投票站。我抓住母亲，在那个男人后面连拉带跑，可我又找不到她了。再看见她出来时，手里拿着五个里拉钞票。我泪流满面，母亲跟我说："哈希姆，好孩子。男子汉，不流泪。"

我看见祖国随时都会哭泣，甚至在独立节上。部队在大检阅，旧式坦克在检阅，傻乎乎的母山羊也在检阅。赫桑呀，每天、每分钟，在政府机关，在非官方机构，我都看见祖国在哭泣。在咖啡杯里，在报纸上，在监狱里，在天空中，在汽车到不了的地方，她有时还多次哭昏在地。空气摇撼着她，她回以叹息和抽噎。在医院的病床上，在婚礼上，在沉默的墓地上，或许那里只有沉默，或许祝贺死亡的人不知道什么是死亡，不知道她是谁。

祖国呀！赫桑呀！尽管你有文凭，但还是一个二等甚至三等公民。在你获得专业证书以后，我们国内还不存在这么个部门能容纳你，所以你不得不移居他乡，直至今日你还是该国政界的二把手。你的国家被一群人包围了，逼你出逃，他们害怕你的工作和智慧。你的口袋不够鼓胀，你的父亲不是领导，所以你无法进入他们寺庙的高墙内，人们只要一见到他们的土耳其帽，就喊万岁。当时，你面前的一切道路都被堵死了，除非另找一份工作，老老实实地坐在桌子后面，就像过去别人坐在你的屋里那样，这些人的脚从未走进过大学或中学的大门。

我们都认识马哈茂德这个人。他后来当上了机场保卫处处长，可是他的弟弟过去是、现在仍然是放牲口的。他常赶着牛，骑在驴背上，在保卫处外面大叫大嚷："禽官在哪里？……禽官在哪里？"门卫大笑，对他说："是警官，不是禽官！话都说不利落。"每每马哈茂德的弟弟也跟着痴痴地大笑，光着脚踢驴子。警卫让他骑在后面，说道："你哥哥马哈茂德高低也是个人物了，和过去不一样了，你也该过去看看他，穿得整齐干净点儿，头发梳一下。去时别骑驴了。敲门时，也别在外面粗声大喊，应该说：‘警官阁下在吗？……’”马哈茂德的弟弟仍然痴痴地傻笑。警卫生气了，拍着手咕哝道：“没法调教。”后来就是这个马哈茂德，一夜之间成了机场的要员，娶了堂侄女。

唉，祖国呀，我们应该做点儿事。我们已经做了努力，可是后果呢？

现在我想越过国界，你的国界。我希望有个人来送行。我会情不自禁跪倒在地，俯身以脸贴地，双手扶额，尝尝沙子的滋味，来辨别是否是祖国的沙子来给我送行。如果我痛苦地紧抱一棵大树，看到的人会以为我的下体在树上摩擦，是不是在寻找某种性快感。如果木质的香味钻进我的鼻孔，是不是大树在向我告别？亲朋好友应该为我告别。我沉浸在回忆中：话语……话语的回声；我穿着短裤的脚步声；我听医生的吩咐裸身躺在屋顶上，夏日的骄阳应该饱览我身子的每个部分。事情就发生在夏天，母亲带着我和妹妹乌法一起去夏图拉附近的一个农场，因我咳嗽得厉害，医生建议不要去南方，那里绿烟叶的气味会使我的鼻子过敏。曾记得咳嗽得厉害时我都不敢睡觉，怕呼吸会停止。对我来说，死亡就是闭上眼睛睡觉。

我怎么向祖国告别呢？跟每个人都说一遍再见，握手，亲吻，拥抱……难道这就是所谓的告别吗？美好的记忆应当是我的告别。

一天早晨起来，我的枕头上出现星星点点猩红的血迹，我急叫母亲，她一见到血，以为我要死了，号啕大哭，悲痛地跑上阳台。舅妈安慰她说：“你们这些人啊，哈希姆在哪里，快找他来，告诉他。”我听到她在哭声中说道：“我宁可先死也不愿见他在比哈纳斯。”

之后，也许多年之后，我才明白她说的比哈纳斯是怎么回事。一次，我母亲的舅舅，我的舅公马赫迪从南边过来，手捂着肚子，我们问他是怎么回事，他说：“我肚子里有条蛇。是我用陶罐舀河水喝时，不小心吞进肚子里的。当时可能蛇小，我没有觉得有什么，可现在它长大了，盘起来了，活动开了。”

舅公一来，我们家就像搬来了一屋子的滑稽书。他的故事让我们捧腹不止。我母亲不在家，他就不进屋。他会坐在台阶上等，身边放满了大包小件的衣物。他已经没牙了，我们这些孩子会一个个走上前去，让他猜是谁家的。这一下可把他彻底弄糊涂了，想回答，又说不出。因为隔邻的孩子多，一听说舅公来了，都集合来了。他张嘴笑起来，想说，露出一口牙龈。孩子们看到他居然一颗牙也没有，哄然大笑起来。不停地哄笑，惹恼了老人，他摸过身边的拐杖要打。我们一下全躲开了，他嘴里骂着起身来追，我们转身又把他的包藏了起来，无奈之下，他只好朝我们吐口唾沫，小声骂道：“真不害臊，你们呀！”他又开始不停地咳嗽，我们都以为这是装给我们看的，后来才知道他得了严重的肺痨。他最后的日子是在比哈纳斯的隔离病房里度过的。

背井离乡的回忆越发强烈、浓重。回忆属于以往的岁月，但是我要让它活在今天的现实里，像外甥艾哈迈德和外甥女宰赫拉在夏果尔·赫玛那的照片一样熠熠生辉。我们站在一起，手在冰凉的河水里戏水，那水的味道我至今记忆犹新。记得我拿过一块橡皮比原价高出一百倍，我没有买，女老师威胁说，如果明天不带一块橡皮来就把我开除出班级。第二天，我发现那块橡皮就卡在桌椅中间，为保险起见，我伸手从邻桌上抓过一块，像饿狗啃骨头一样张嘴就咬，把咬下的另一半狠狠地掷在主人目瞪口呆的脸上。

我怎能带着这些回忆去大马士革，又在那里想它？譬如说那个吸大麻的阿卜杜拉，他常说自己戒不了，又经常跟他那百岁高龄的母亲吵架。这个阿卜杜拉，只要一见女人，两眼都快融化了。他会柔情地看着她说：“只要你答应跟我结婚，我一定用钻石把你打扮。”据说，巴布·伊德里斯的房产曾经都在阿卜杜拉父亲的名下，后来一点儿一点儿被他败光了。他把自己的大儿子送去美国学医。但后来什么消息都没有了。从他戴着新帽子，上船跟他老子、他母亲和弟弟告别后，再也没有任何音信。听人说，之后他老爸又赌又喝，把别的女人带到老婆跟前。而他的老婆却迷上了占卦和看星相。

这个故事是真是假，我没有去考查，也不想这么做。和这里其他孩子一样，我们热衷于对阿卜杜拉搞恶作剧，捉弄他。最严重的时候甚至逼着他亵渎神明。阿卜杜拉虽然能让我们笑得直不起腰，但也会让我们怕得发抖。最要命的一次是他扼住了我们的脖子。

那是一个夏天，屋子像个火炉又湿又热。我抱着褥子到屋顶上去睡觉。母亲去南边看外公去了,小区里的孩子下午就在我家的屋顶上玩，快到傍晚还没走。大家都饿了，但忘了屋顶下面就是我的家，只是呆呆地等着，等待夜晚的凉爽。我们看着来往的行人，打斗嬉闹。这时阿卜杜拉过来了，他头垂在胸前，自言自语的声音越来越大。我们低声密谋了一番，悄悄地定下了捉弄他的办法。我下木梯，把我们家的垃圾桶拿到房顶上来。把箱里的垃圾一块一块朝已经坐在家门口石阶上的阿卜杜拉头上扔。当烂西红柿和柠檬皮不断朝他飞过去时，他四处乱找，又探头往上看，这时他才明白自己是个靶子。可他什么也没发现，我们个个都躺倒在档墙后面。我爬到屋顶的另一边，从晾衣绳的空隙中看下去，只见他又回到屋门口坐着，我发了个暗号，小伙伴们又开始扔了，我从晾晒的衣服中看到他在骂天骂地骂神明。忽然一个汰渍洗衣粉盒打在他脸上，他抬起头，走过来。我最怕他的脾气，但又忍不住想笑，只好立刻和伙伴们退回到褥子上，憋着气一动不动。我闭着眼睛，但感到有一双眼睛正盯着我。我忍住笑，调匀呼吸，装得真像是睡熟了。可是阿卜杜拉要的是事实，他不满足于我们的天真，不信我们真的睡了，还站在原地。我听到了他爬上梯子时的喘气声，可是为什么没有踏上房顶的脚步声？他轻轻地走近了，他知道我是孩子王、机灵鬼。我打了个寒噤，心口怦怦跳个不停，害怕他会打我。我妈妈时不时警告我，千万不可以奚落阿卜杜拉，他是个疯子，也许我一直闭着眼。他失望了。我听到他的脚步声渐去渐远，我睁开眼，打了身边的小朋友一拳，大家都和我一样默默地坐着。

瞧，我回忆的这些能是祖国的一部分吗？我可以像带着我的手脚、我的身体一样，带着它。或许祖国就是现在和过去的结合，或许这是例行公事。没有人会喜欢和习惯例行公事，除非这种公事是事实，你们国家里的事实。在国外，例行公事似乎是消磨时间的一种方法，除非你回到国内，你在国内得到的经验都是有意义、有价值的，因为这本身就是父子之间的体验和感受，你完全明白你在做什么。街上有你的邻居、屠夫、卖菜的、公共汽车司机，如果你每天把这些不知名的人集合起来，把他们带到一个类似祖国的地方开始生活，会有什么结果呢？你回到祖国了吗？还是祖国回到你身边了呢？没有！

我们坐在一个和我们的大海一模一样的海边上，涛声依旧。浪花拍打着礁石和陡岩，冲刷着小石子，海水过后，留下一片潮湿的细沙。我们登上一座高山，沙沙的树叶点缀着熟悉的红瓦屋顶。这里有成群的奶牛，挤奶工提着同样的奶桶在挤奶。这里有大小公寓房，有着同样的沙发套。我们围坐一起，谈起了昔日往事，也谈起了我们这些在座者过去的岁月。

我希望能坐在父亲南边的棚屋里，紧靠在野薄荷盆边。我怀念我的拳击杂志、枕头底下的性感杂志和厨房里掉色的瓷砖。当我说起所有这些就是祖国，他们会哄堂大笑。你们不要笑，我过不惯没有祖国的日子，包括品尝不同口味的水果。“你像少女一样在思索。”像少女？这是你们的见解。我要弄明白的是难道真实的感触只有少女才有吗？表面的东西无法互相理解。

我还要在非洲待多长时间？还要在那乌黑的墙里，在那没有面包香味的炉子旁喘息多久？我闻到的永远是那股从树木、石块甚至是蜘蛛丝上发出的潮气，永远是睡眼惺忪的黑人身上和围绕在我和非洲身边的那种屈辱、破碎、渴望的目光中的气息。每当我遇上新来的黎巴嫩人，那种潮气和气息就不见了。这时万物在阳光下散发出滋润，连清晨的气息也变得纯真清澈。可是过不了几天，那股潮气一点一点笼罩了新来者的周身，他们终于也变成了一个地道的非洲人。这种感觉随着我的年岁而增加。当我和同胞或家人在一起时，又增加了那种心灵上的收缩。他们的交谈甚至他们的衣服都让我感到不舒服，把我弄成一个假装心里紧张的傻瓜。而我觉得比假装走得更远。我要少说话，以防说出气话。我要提醒自己，我在这里是特殊情况，我是逃亡者、通缉犯。从法律上说我是个阴谋分子，是捣乱鬼。他们来非洲为的是谋生；一年下来，为了钱，为了显摆，再过几年；为了高楼大厦，为了买下半个蓝色的海洋，他们在这片土地上扎下了根。他们那雕花的坐椅，引起我的憎恨，他们的饮食引起我的厌恶。他们只会一遍遍说一句法语："好！好！"使我很不痛快。他们唯一关心的是赚钱、吃肉饼、玩牌。就连入了党的同志也属于说"好！好！"赚钱、吃肉饼的一类，最多加上一句"我是叙利亚人"。

我在党的会议上说过，来非洲的黎巴嫩人，除了实现金钱上的愿望外，没有发现任何新东西。我也问过他们，为什么不看书，为什么不关心国家大事、世界大事。为什么只会说"好"一个字而不多学点东西。唯一没有使我生气的人就是马吉德。我和他的关系日益密切。在我们的交往中，我理解了需求的含意，了解到什么是迁徙、什么是主动选择迁徙之路的侨民眼里的迁徙。有一天，马吉德说，南边的"苍蝇、尘土，迫使我来到非洲"。过去，我想象中的非洲是埋藏在丘陵砂子下面带刺的、树枝状的金刚石，我也曾梦想，"沙特阿拉伯是扔在地上的金表。”但是，我逐渐清楚地看到非洲和沙特阿拉伯一样，和世界上其他地方一样，应该努力工作和奋斗，直到从汗水和努力下看到了金刚石和金表后才能喘口气。我试图以我们的交情，说服马吉德遵循我的生活方式,并用这些方式和非洲交往。但他考虑的首要问题是结婚,并表明不想陷入黑女人的泥潭。也许，关于我和黑女人有染的事他已有所耳闻。他怕我多心，为他的话做了一番辩解。他说有些人偷看了别人从黎巴嫩寄来的私人信件中的情况,拿它来责备我和黑女人发生了关系。而他，否定这种责备。他说这话时，表现出很高兴的样子。

这时，我走向窗口，我在思考：信，谁来的信？啊！想起来了，是有些信。我外甥女宰赫拉来的信，这些信件是我和祖国唯一的联系。

马吉德走了，我一个人躺在沙发上，回忆外甥女宰赫拉给我的信件和那些旧报纸。在我的记忆里，只有宰赫拉在信里告诉过我黎巴嫩发生了什么,其中包括日常琐事。她的信写得很美,尽管带有几分忧伤。我不相信她会记得这些信的内容，因为连我自己也想不起来了，我离开黎巴嫩时也许她才十岁。我要求她附张照片来，这样才能肯定我将给谁回信。她没有照办。我不明白她为什么主动给我来信，我们之间的年龄毕竟相差很大。每当我拆开宰赫拉的来信，阅读之前、阅读之后不断问自己：啊！你了解宰赫拉吗？她的信把我和她、和家庭、和祖国联系在一起。家里的情况怎么样？朋友、同志们还好吗？几年过去了,那里的人对通信已经不再存有戒心。黎巴嫩政府没有叫人把我弄回去。这里的大使和所有在黎巴嫩使馆工作的人都知道我在这里。我给家人朋友的信件一封接着一封。一开始，他们当中的大部分人都热情地给我回了信,就是比较简单而已。之后,都不写了。这种行为难道是疏忽、不情愿？还是因为心理上的稳定不愿写也不愿收到信？设想一下，我的信他们会看完吗？我不信。因为我的信封封都很长，就算短的也有十页之多，这说明我的心很不平静。宰赫拉和我一样也是心神不定，所以她的信也是一叠一叠的，内容有社会上的各种问题；忧伤充满了字里行间，但也没有明说明写，她的思维合乎逻辑，同时也很天真。她从未写过自己的事，尽管我要求她告诉我她的生活情况，比如每天在贝鲁特是怎么过的，只有这样我才能抓住她在那里的生活脉搏。但她好像没有看到我的信，从不正面回答我的问题，写的仍然是过去的老一套，唯有一次是例外。

一年前，我提的问题她终于答复了。我问她是否想来非洲看看，她只回答了一句话："母亲愿意我去非洲。"从她最近来的短信的用语和口气中我发现，除了"失望、死亡这两件事是人类能达到的最伟大的快慰和幸福"之类，此外，她不再跟我说别的东西。过去我就发现她对这个问题的表述居然如此天真，如此肤浅。我也曾问过她为什么会有这种感觉，她没有回答。我写信问过她哥哥艾哈迈德，要他多关心宰赫拉，那封信也如石沉大海。

一开始我并不认为我必须战胜非洲的炎热，可是当打开屋门，一见到太阳，真觉得好像掉进了陷阱。非洲的太阳不是圆的。光轮周围射出的光线长短不一，它是一个球，上下左右交叉喷薄着一道道的火舌，火舌未到，威力已经达到身上。我想过要去战胜炎热，一直走到市中心的广场，从一个商店逛到另一个商店。我变得不像是我了，开始阅读和学好当地的语言。这是空空如也的图书馆，这是仍然挂在固定地方的火团，这是人们在这里短暂生活、等待飞回黎巴嫩的地方，这是一个不太舒服的家。我好像也受了感染，好像身处在火车站里。这个站没有边界，没有围墙。火团还在烤着我，然后用它的湿气把我冷却。

这里有三家餐馆，同一副面孔、同一种食物同时在过渡中挣扎。我如何在这个国家发展呢？作为一个能言善辩的党员，我可以说服甚至将我党的主张硬传给和党接近的人，我现在考虑的是如何回黎巴嫩，如何能脱胎换骨地变成"另一个哈希姆"。更能用理智而不是感情来指导他的行动。我怎么总是遇见只会一遍遍说“好！好！”吃肉饼、敛财攒钱的主儿？书本在哪里？可以呼吸的空气在哪里？那种连贯性在哪里？那些可以积累经验、丰富阅历的东西在哪里？一团燃烧着的烈火，你听不到它的声音，对它熟视无睹，更没有一个人会想到，就在明天，他会插上双翅飞回黎巴嫩。

我尝试着不可以失望。可是充塞着这个非洲城市的却是嘈杂、喧哗、拥挤和人群；是牌桌上的扑克牌声和打牌声；是遗弃的和积聚中竹棚里酒鬼的哼哼声。回来那天，他们要我负责这里流亡的复兴党工作。有了这份过去一直向往的工作，我引以为荣。参加会议是一个表现我睿智或愚昧的考场。我希望能通过对党的热爱来掌握会场，我希望每件事物的诠释都能通过仁爱，而不是通过哲学的逻辑和辩论，但我发现这个职位不需要你有什么准备，与会者也不需要理解和讨论。他们入党就像参加一个新的俱乐部。一开始，我耐心地等待着每星期的周会，这里一点儿不像我们在黎巴嫩的会。人们的冲劲早已被灼热的火团下的毛毛细雨扑灭了。临时观点瘫痪了同志们的躯体，麻痹了他们的思想。他们经常问，这里的会能不能开得像在贝鲁特一样。在会上我点头同意。我看到了他们突出的啤酒肚，奇怪他们提出的这些问题，也奇怪那一张张因长期曝露在烈日下而发亮的脸。然而，唯一关于复兴党的消息全是黎巴嫩的，不是贝鲁特一地的。我们等着要推翻的政体仍然用尽新老手段，殴打、折磨和拷问。他们一夜之间又从侏儒的模样变成发号施令的统治者。

是的，黎巴嫩发生的一切你们都已经知道了。我眼前掠过一张报上曾经披露过的照片：那人胖乎乎的一张脸，走在酒会的桌子后面。离这张照片不远处登了另一张照片，那是缩成一团的一个人，脸部被隐去，精力像被粗大的针管抽空。他趴在地上，双手早被打断，他是以阴谋罪被捕的。但据我所知，晚会上这个胖乎乎男人所有的东西都调包了，只有这两只勇敢、警惕、祈求某种东西的眼睛没变，它像在说："啊，你们什么时候才能了解我？"这就是国内传来的全部消息。关于如何逮捕阿萨德·艾希格尔、后来他又如何企图逃跑的故事，报纸有过系列报道。我就是其中的一个成员，搭乘邮政车逃来大马士革，现在能呼吸到树木的芳香，能住进大马士革的旅馆。我就是那个手执拐杖、戴着化装用的医用眼镜、被同志们赞美的择路逃跑的英雄。我的仇恨心理与日俱增，仇恨这短暂的人生、仇恨那些党内同路人、仇恨这种临时会议、仇恨我生存在这样的环境里。尽管我试图融合进去，但温泉湖上的坚冰依然如故。逃跑方法使我在党内的地位还算不错，得到了全体、特别是非洲同志们的尊敬。我的到来，似乎是期待已久的救世主出现了。宴请、尊敬、捧场从四面八方向我包围过来。我说一句话就有人赞扬，先是点头赞许，继而是一连串的"好！好！"

这些才刚刚开始，我的坏脾气便开始露头了，也轻率地做出过决定。譬如有一次我给欧齐布许下诺言（他的哥哥是个军官，杀人后躲了起来），答应派人回黎巴嫩暗杀曾经下令对他哥哥用刑的家伙。我在纸上写下了行刺的方法，先是开枪。但想起会有很多同志跟着，他们会感到痛苦，就改变了主意。我的第二个办法就是连人和汽车一起炸掉。知道这个想法的大部分党员称之为法西斯手段，都不同意，很多人不相信我会这么做。我就跟他们说："难道他们没有折磨、拷打我们的同志吗？谁是法西斯？是我们还是他们？"看来在这里受压制的生活使我的鲁莽又开始抬头。他们许诺我事成后能成为咖啡作坊老板的这个高职位，让我一步步往那边靠，最后发现自己才是那个作坊的一名普通会计。但我的形象，特别是在年轻人中间，还是英雄哈希姆，邀请还是不断飞来。我开始习惯于这里的生活，也不再到处做报告，那是白费劲的事。我不再是黎巴嫩人该怎么生活的捍卫者，尤其是当我和黎巴嫩方面的通信中断、得知我在夏哈比党下台前不可能回去后，我整天泡在他们的生活里。坐在他们的牌桌边，赌博也成了家常便饭，也能听得进东家长西家短，对细节琐事听得津津有味。

这些地方都是我过去不曾涉足的。我也吃肉饼了，连法语“好！好！”也朗朗上口舍不得放弃了。赚钱，只要在这里处于受压的情况下就有可能。生活必需品的供应在黎巴嫩更好。永远如影随形的幻想和希望是每天每晚去黎巴嫩的鸟儿的翅膀，我也是每天每晚梦想着爱情、结婚。

明天在祖国，除了祖国没有别的。目前的生活将会停止，我将恢复在祖国的生活。记得有一次在给宰赫拉的信里问过她，知不知道凡是女朋友都喜欢通信。和往常一样，她没有按我的要求回我的信，她要是来了，我要问问她。我还会要求她给我介绍一个黎巴嫩姑娘。尽管这里的法国姑娘漂亮妩媚，可是我要的是这样的人：能理解“生活属于谁？生命的儿子！”等歌词的含意是理解大叙利亚的必然性，而且崇尚用贝鲁特的声音唱“总有一天我们会回来”。只有这样的人我才能爱得上。

非洲的女人只懂得说话和性。我有几个非洲女朋友，甚至超过了床第和房间。但一开始我就不明白人们为什么因此要非难我，颜色可能是原因。她的颜色降低了我的价值。黎巴嫩的姑娘要是知道了这档事，谁也不愿意嫁给我了。从此我和黑人女人的关系绝不会超越床第和房间了。宰赫拉今天要来非洲的话会让我忧伤的。因为她和我唯一的联系就是祖国。忧伤是轻微的，因为切断我和祖国的关系只能是在一定的期限内。刻在树上的我的名字保留在苏维尔的岩石上，支持它的是领袖萨阿德的茅舍。多少年以后，只有这些还能存在。除了你的床，别的床都不会回来，除了你的香味，床单不会有它的香味。你留下了中学的课本，但这些人是不会给你保存的。兴许我过去举过的杠铃还会在浴室壁炉后面的老地方，悬崖绝壁上也不会保留烹调的气味和岁月的连绵。

今天会有祖国的消息，我希望宰赫拉能知道我最近给她信里提到的所有同志的命运。这是我唯一请求她回答的问题。“你想知道有关黎巴嫩的什么？”她问道。当然她希望我回答：“菠菜薄饼。”这是她母亲最拿手的。而法蒂玛自从知道我已觉察到她爱上了别的男人但不是易卜拉欣以后，也常拿薄饼堵我的嘴。

我从未想过有一天我对宰赫拉的感情会发展到如此程度。其实我只是想表达一下诱惑我的奇怪的状态：那次，我接待了她，让她睡在我的屋里，我睡到客厅的沙发床上。我好像找到了她，好像闻到了，不，触摸到了组织家庭和祖国的气息。我觉得我产生了想抚摩她手、她脸、她头发和小辫的欲望，产生了想通过她的脸庞吸取我在这里和在黎巴嫩的整个生命，产生了想紧紧拥抱她并高喊：“你是如何改变非洲，你是如何扑灭阳光火团的灼热，你对祖国的考虑怎么是断断续续的，你的话怎么变得有意义起来。”

她的脸怎么那么像她母亲和我！她是我的一部分。现在她横跨几千英里，像只疲倦忧伤的蝴蝶降落在非洲。我总是听不够，便跟她说：“把什么细节都告诉我。”我要求她，“甚至你认为跟我毫无关系的，我想听，对我什么都是重要的。”她现在就在隔壁房间，摊开手脚躺在我的床上，我能听到她的鼻息。空调机在呻吟，它吸尽了尘土，弄得屋里如此的孤寂。

过去我赴宴，一个人去。去沙滩，去俱乐部，一个人去。如今整个非洲变了样，我要带她走遍非洲。她要什么我给买什么，要给她买金镯子，那是有一次我发誓要给专属我的人买的。可是，一直没有找到这样的人选。如果有一个人闯进你的生活，改变了你的一切，这就不是一个巧合问题了。

过去，想起那三家饭店就让我痛苦。今天它们似乎形象鲜明，桌子都焕然一新，连电影院都好像宽敞了不少。宰赫拉暂时进入我空虚的生活是件大事。通过她，我能触摸过去——我的过去和现在——我的现在直至未来——我的未来。我觉得最后能扎根非洲，我具备了血肉和骨头的见证，具备了记录推动巨人和大象般的树干，目光的烈度、心脏的搏动、手掌的战抖都成为见证。这只疲倦而忧伤的蝴蝶选择停靠在我身边。她哪里知道我早已像一只新生的小鸟，正大张着口，为了一滴水、一粒米，几乎撑破了它软弱的小喙。

我的睡眠很容易惊醒，也没有规律。我在床上辗转反侧，等待着火热的白天。再一想，热天也会伤害她。黎明时分，宰赫拉还睡在隔壁的房里，我能听到一声声安详、稳定的呼吸声。我想弄醒她，但会给她带来不安。如果抱着她的双肩告诉她我的感受，她会躲开。如果只用嘴讲不动手，她会像狮身人面像一样，不理会埃及人的号叫和帕夏们的战马的嘶鸣。我如果靠着床头去喊，她会拉上被子，尽量把自己从蛇般的妖媚变成一块木头。我如果逼着她去跳舞，不一会儿，她必然会报以一张冰冷的脸。电影院里就是如此。我感到，尽管她沉默不语，漫不经心，我已无法隐藏自己的感情，决定不顾一切跟她说清楚，可她轻描淡写地回过头来，“你在干什么？”你在干什么？我就是你，你就是你母亲，你母亲就是我母亲的女儿。让我把你抱在怀里吧！让我在你的手里憩息，你的头发捂暖了我的脸，让我拉着你的裙边。在我小睡片刻时，你抚摩我的头发，悄悄跟我说：“舅舅，别害怕，你安全了。”让我和你紧紧靠在一起直到不再头晕，不再反胃。把我抱在你的臂弯里，让阳光的火团去燃烧吧，在你臂弯里，火团的热度也是温暖的。不要停止，一直在我耳畔低声地说：“舅舅，别害怕！舅舅，别害怕！”我清醒时唯一没有完成好的是没有给你寄一张飞机票，然后到机场接你。这件事让我又好哭又好笑。你是我出逃、我命运的唯一见证。你别责备自己，把自己变成一块木头。我怎么跟木头对话呢？我怎么能向木头表达情感呢？木头没有毛孔，它只能喝露水，那不是我的感情，我的感情像高山上直泻而下的瀑布，由溪流变成大河供应世界各大洋。

我要紧靠着你，不想为自己和我的感情另找出路。仅有党是不够的。尽管我跟党的感情和跟你的感情一脉相承，但党不清晰，我想靠拢而不可能。尽管还有别人，但还是把我孤零零一人扔在这里。或许，这里的党因为潮湿和毛毛细雨而泯灭，只剩下一支微弱的火把像初夏的清风。你随便变成什么人，只要不是我的外甥女，我一定娶了你。别跟任何人乱说，你的眼里有一种我喜欢的忧郁，在你的沉默里有一种我爱的失意。别跟任何人说，我像一只初生的幼雏，在张破鸟喙前需要一滴水、一粒米。

你难道一点儿不觉得你是我生下那天唯一有关系的人？童年时期，我梦想着玩跳橡皮圈。到了青少年，我最想的是逃出学校，躲进电影院的暗角落里，及长，党走进了我的生活，吸取了我的感情、我的神经、我的叛逆和冷静。我和党最后建立了一种关系，但不是和它的成员。

在非洲，很难建立起什么关系，因为人人都处于流动状态。你是唯一和我有联系、思想一致的人。“我们吃什么？什么时候动身？我们一起谈点儿什么？什么时候睡觉？”

我独坐在客厅里，有人占了我的床和我的屋，还和我有点儿关系。你明白吗，就是因为你脸上的痘痘让你忙乱，分散了你对我的话的注意力？我们的关系，从我接到你信那天算起。我回了信，建议要你过来，你接受了。我和你的关系就像一个人，你把我和祖国联系在一起，因为你就是家庭，没有家庭的人也就没有灵魂。你为什么发抖？为什么不让我靠着你，靠着你才能忘却那种临时状态？我说过了，你的到来就意味着和平的到来，我可以回国了。从你身上发出一种光线射向我，鼓励我回国。难道这就是说，你是真正增加了我回国的信心和希冀？我不会再坐着想事，我想我能有回去的希望。我看你双唇紧闭，缩成一团，紧靠墙壁，嘴里在说：“你在干什么？”这是你沉默良久后说的第一句话。之后便进了洗手间，一直把自己关在里面，久久没有出来。

四、丈　夫

在对宰赫拉的过去一无所知的情况下，我和她结了婚。见面那天，听说她还是个老姑娘，是哈希姆的外甥女。我心想：一个在非洲的现成的新娘。娶了她省得我远道赶回黎巴嫩去找老婆，省钱不说还省下了路费和嫁妆。听说这边的新娘不像国内，不开口要男方给“出阁钱”。如果她张口一定要，可以找几家像苏尔苏克市场里的铺子，那里的珠宝很有特色，还便宜。

我该结婚了，而且认定非洲是我的第二故乡后，更应当不失时机地成个家，越快越好，何况在这里生活无法和那里的生活相比较。黎巴嫩的水是甜的，天空里的光线也柔润，那里山岭秀美、气候温和，可是当你在布尔基广场上打转，只能以辣椒三明治充饥时，这一切都化为乌有了。贫穷抹杀了你观念里的美妙世界，眼睛看不见却激起了思索。当你踅踱在布尔基广场上的时候，怎么还能看见它享有它呢？我这里不是在说汉莫拉或是海滨的罗歇区。那些地方是为另一类人准备的，我对他们十分陌生，以致那里的影院我也不去光顾，更不会走去买三明治了。毫无疑问，这种神经质的不安不仅来自我早年的生活，口袋里有数的几个钱，有时仅剩一个里拉，我还害怕会让自己在这陌生的城市里漂泊流浪。

关键的是我来非洲是经过一番努力的。双脚刚踏上非洲这片土地，本村、邻村的朋友和年轻人就不断给我来信，求我帮他们移民来非洲。他们都提出这样的问题：你如果在黎巴嫩，没人会看你一眼。你兜里有一毛钱，你就值一毛钱。读着信我点头表示认同，自忖道：这还用得着你来告诉我吗?

我记忆里最早的是我父亲。他肩上扛着铁砧、手锛和钉子匣；还有我母亲，她总是忙着做奶酪，轰走小妹眼皮上和弟弟腿上疱疮上的苍蝇。

我当时拥有的是碗柜里的一堆邮票，我想它们一定会给我带来好运，还有一些剪报和几本乔治·泽丹的小说，这是我的全部家当。

父亲十分高兴我移民非洲，他给我写信好像写给安拉而不是给儿子。信一开头必然是“奉至仁至慈的安拉之名”,结尾肯定要“感谢主”。因为我是在非洲工作,“我活得像一个人，不是一头牲口”，然后又是一遍感谢主赐给我如此的洪福和运气。

只要能像普通人一样“有权利、有公民权”，我也应该结婚，应该成家生子像普通人一样住进自己的家里。我也应该远离羞怯和自卑，它们是我过去在汉莫拉大街上与生俱来的感觉。走在这里的纳夫尔大街、人称“喷泉大道”上，我发现必须不断吃苦，口袋才能鼓起来，才能像别人一样早上出门时神气悠闲地走在汉莫拉大街和喷泉大道上。

不能很好地做出决定，贪婪敛财的人会出一种特别事故，不，可能是两种事故。第一种：我们站在当地唯一一家大饭店的台阶上，和移民国外的人一起等着进大厅参加黎巴嫩独立日庆祝会。听说这次庆祝会是由一个黎巴嫩商人个别邀请的，我们还在想使馆有可能照顾不到这里所有的侨民。我们到了饭店门外，发现我和朋友们都没有人愿意理睬。那些有钱的黎巴嫩人一个个乘着宽敞的小轿车，走出汽车还没上台阶，使馆的人便一拥而上，点头哈腰表示欢迎。我们站着等他们过来，可他们连眼也不斜一下。就算看了一眼，也不握手，更不像跟别人那样说上一句："欢迎你们光临"。

好吧，我对自己说，他们可能还没有发现我们，是不是还要走上台阶让他们看到？我走上前，让大家都过去，一边自我安慰地说，使馆的人过去可能和他们都熟，所以彼此欢迎。我也进去问好。对方用奇怪吃惊的目光回了礼，似乎根本没有预料到普通的侨民也会进来。朋友们惶惑不安地尾随着我。会上我们挤在一起，像罐子里的葡萄、瓶子里的泡菜。这不像是个独立日的庆祝会，没有人站在椅子上讲话，只见一瓶瓶饮料和香槟来回传递。我们没敢把手伸向那银光闪闪的餐盘，也没有碰酒杯。我看这些人好像并没有把滚滚热浪当回事，又像他们已经把头顶上的太阳挡掉了一部分，身边一个朋友解释这种现象说，这些人的车里甚至浴室里都安有空调。

顿时我十分沮丧，心中充满了怨愤，自问道：我又何必把这问题看得如此重大？我忽然记起一件事：有个金发壮汉站在我侄子铺子里的一台晶体管收音机前，表示想买。他说的是法语。我才来几天，法语仅限于"你好""晚安""我是你朋友"之类的问候话。我张口结舌，说了一个阿拉伯词"先生"，这个黄头发，立刻也说阿拉伯语了。我感到特别突然，因为我面前这个人是外国人。我伸手和他握了手，像在村里那样两手抱在胸前对他说："你好，大叔。欢迎你，黎巴嫩大哥。你来我们店我嗅到了黎巴嫩的气息，真是欢迎呀！"

当时我真没注意到这黎巴嫩大哥没有分享我的感情，他只是神经质地看着半导体收音机，手插进口袋，想付钱，而我还在没完没了地问他："想喝点儿汽水还是咖啡，我们的店就是你的店，不用客气。我来了才几天，费了多大劲才弄到的签证。我向我侄子穆罕默德租了一小间房子。来吧，欢迎来我家住。知道泽厄特尔·穆罕默德吧？就在百事可乐厂旁边……"

我还是没有注意这位黎巴嫩大哥没有搭理我，他一言不发走出店门扬长而去。

侄子压着他那愠怒、嘲笑的神态对我说:“萨里玛的儿子马吉德呀，你怎么了？你以为你在跟谁讲话呢？跟苏莱曼，不是别人！你邀请苏莱曼去看你？”

我既难为情又尴尬地辩解道：“一个黎巴嫩人在国外碰上另一个黎巴嫩人……我除了问声好、请他来我家还能说什么？”

穆罕默德还在笑。店里帮忙的非洲人也都在笑。他不想告诉我苏莱曼的身份，留着让我自己去想。原来这个苏莱曼是一个黎巴嫩法官，出身于有影响的贵族家庭，目前由于政治原因在非洲避难。时间也教会了我，世界像个巴掌，每个指头长短不一，形状有别。你在侨居地或在国内，爱慕的存在或不存在都决定于你手指的长短和形状。时间也提醒了我，即使在农村也还是有类似的差别。只有到了非洲这种感觉才离我而去。心想这莫非是远离家乡拉近了人们的距离、尤其是乡里乡亲。我大错特错了，只有钱才能给你以力量，钱才是区分感情、调和手指比例的关键。

所以我要玩命工作，把我埋在钱堆里，把我母亲赛里曼埋在钱堆里，再不让她在贝鲁特给人当用人。我们要一起忘记过去。记得我陪她工作时，她会让我坐在厨房里，周围是几十双皮鞋，她给主人的解释是我是个擦皮鞋的，我的擦鞋器因为太重，扔在农村没有带出来。她经常为我圆谎。因为我有时上课，有时帮我父亲扛他的铁砧、锛子、洋钉匣或一卷卷厚重的牛皮串村走乡，淌着汗珠跋涉在石块中唯一听到的话只是：“走吧，孩子，往前走！”我们俩会扯着嗓子一起喊：“修鞋补鞋喽！修鞋补鞋喽！”

母亲的女东家让我坐在一大堆擦亮的皮鞋中间。她好像让我面对着一大堆难解的考题。我真怕鞋还没擦亮就被我弄坏了。这种恐惧心理越来越膨胀，后来发展到大声数落我母亲，声音大得连东家都听得见。我这么做的目的是想叫母亲下次别再拉着我一起来这里了。其实我早就知道，我来，东家会另加她三个里拉的工钱。

几个星期后，我不再反对母亲拉着我一起去帮佣。因为幻想中的救星离我远去了，他们让它永远离开了我。那是一头毛驴，我在《辛巴德》杂志上看了赛夫旺的连载故事，所以也昵称它“赛夫旺”。赛夫旺看着我长大，它那血色的蹄子和我的童年一起在丛林石滩上成长。毛驴记得它叫什么，也记得我。我宝贝它，它也喜欢我……可他们把它卖了，什么原因我不明白。那天我好一阵跟在毛驴和买主的后面，只听得他用嘶哑严厉的声音呵斥：蠢驴，快走！

我含着眼泪在后面大叫：“他叫赛夫旺，不是蠢驴。”我一下子冲到它跟前，紧紧抱着它的脖子。可是尽管它多么喜欢我，最后还是被买主赶着走了。血红的蹄子蹒跚地走在嶙峋的石头路上。它没有回头。我跟在后面跑，口里不断地喊：赛夫旺！赛夫旺！到了附近的村子，毛驴继续往前走，也没往两边看。

我还不死心，可是那个买主被我的哭声和执着惹火了，回过头来恶狠狠地说道：“你再不走，我抓了你卖给吉卜赛人。”我不管那一套，依然又哭又喊。一路跟着赛夫旺，我的脚和赛夫旺一样也血红血红地流着血，可我还是跟着。那人举起手里赶驴的竹竿，呲露着金牙威胁我，一对魔鬼似的浓眉活像要从脸上飞起来。他还在嚷嚷要把我卖给吉卜赛人，我还在哭喊赛夫旺，但毛驴还是埋头往前走，没有回过一次头。它走远了，留下我不断地在唠叨：“拿大米和我比，你更想要哪一个呢？”这一点上我总是学我母亲，她会溺爱地跟我说：“马吉德呀，拿我和大米比，你更想要哪一个呢？”

在非洲，我给自己用白洋布缝了一个束腰的钱袋，我的钱都放在褡裢里藏在冰箱后面。我的消费观念是把每条褡裢口袋都装满钱，装完一个再缝一个新的。当我知道装满一个可能要我毕生的时间，我便离开了侄子的店给塔拉勒打工。

塔拉勒的店营业时间到清晨，下午他起床后才开门。他跟我们在思想上、习惯上没有一点儿相通的地方。他活在他的日子里。对此，他是这么说的：非洲对他来说不是什么宝藏。非洲和其他国家一样也是那么一块地方。他要不失时机地享受，穷其一生，所以夜夜从九点起泡在夜总会里。把自己的精力均分为两摊：女人一摊、赌桌一摊。白天，不是在沙滩上，就是在床上。他也想过把店铺托人经营，早上就开门，但很快就失败了。当别人介绍我过去后，他立刻告诉我，让我经管的这个铺子只能在晚上开门。我按他的吩咐做了，直到今天。我初来乍到的时候，他也很少过来坐上一会儿，可我最喜欢他能常来，这人能解闷，会排解烦恼，是个不错的伴儿，他信口诌来的故事让我笑得直不起腰。当他在诙谐中带着正经说事时两只小眼睛眯得更紧了，差点儿消失在凸起的额头下。他眉毛稀松，无论是动是静，脸上整天挂着微笑。

我吃过最怪的东西也来自塔拉勒的饭桌上。他特别喜欢自己动手做饭菜。当他听我说喜欢妈妈做的奶油炒米饭和西红柿五香碎肉丸子时，说道："别提什么奶油炒米饭和西红柿碎肉丸子了，它能比龙虾还鲜美？能比馅饼和鱼子酱更好吃？还是比鳄梨更美味？"

起先，我想他造出这些菜名，主要因为我还没有觉察出他无论是逗笑还是严肃，嘴角老挂着微笑的秘密。可是，有一次当他带我一起去食品店采购时，我才知道那些菜名完全是真的。在店里，他两手不停地从柠檬和番木瓜堆里挑出小的、黄的扔掉，一面说当年他从黎巴嫩来非洲时他堂兄想看的橡胶树，运水果车的轮胎就是橡胶的。

我有点儿累了，一直一个人睡。我来非洲后没有碰过一个女人。从上次在贝鲁特我常去的那家之后，在这里，我还没和女人同过床。

那女人已经四十多岁了，在布尔杰红灯区一条巷子里，自己有房子。我去的次数也数得过来，不到十次吧，都在那里。所以每当我一有需要不管在这里还是黎巴嫩，似乎辣椒、热饼的味道马上都出来了。原来她家楼下是一家餐馆，紧挨着炉子。我等在楼下她给我抛媚眼的同时辣椒的气味也随之而来了。我还抓紧时间在轮到我之前先去餐馆补上一块三明治。

我奇怪，这种时候我真想做爱吗？一个辣椒似乎就是一个禁果，会坐下来细细回味我舌头上的美味。但很快，该轮到我了，那女人给我抛媚眼。顿时，香味全消，而我所有的感觉立刻集中到身体的下半部去了。

在村子里住的时候，我和身体之间存在着一种友谊。我经常先关房门，因为没有门锁，还必须拉一把椅子过来顶着。然后打开那本阿拉伯文版的《简·爱》，翻到那页印有年轻女主人公和仆人罗彻斯特吻的插图，一看这图便觉得底下开始发硬。我又赶忙压住那刚要燃起的欲火，眼睛还贼头贼脑地看看门窗，看看天花板，又回过来看看图。现在一想起那幅能如此有效地刺激我的小插图，实在觉得奇怪。你完全不会想到这种东西还能激起人们想入非非。

当我进入了能进行自慰的世界时，就不需要任何外界的刺激了。什么都在了，只等内部的发热。几年后，我又觉得我和我身体之间必须有一定的程度。也就是说，我还需要一点儿东西来增添刺激感，但找遍一切还是只有《简·爱》的那幅插图。

后来我读了《你的医生》杂志上一篇舒布里大夫写给年轻一代的文章，他劝青年人戒掉手淫的习惯，据说可能对神经有影响。我打算减少次数，但不想停止。一次我正在“办事”，母亲突然推门进来，头上顶着一个钢的烙饼平底锅。她站在屋子中央，大圆锅还顶在头上，看见我吃惊的模样和手还保持着尴尬的位置，她也显得特别狼狈。看着她把锅慢慢举起来，蹲下身子，放在地上，我乘机提上裤子，撒腿就往外跑。身后传来她的喊声，可能想留住我，但我不敢站下。“你会倒霉的，马吉德！怎么能让魔鬼在你耳边叨叨呢？这多污秽，孩子啊，这有损你的健康，减轻你多少体重啊！你会得肺痨，他们会送你回比哈纳斯。孩子啊，你会生不出儿子的，干这罪恶勾当会生不出儿子的。魔鬼下回再跟你叨叨你就咒它！”

我最怕的是，一旦结了婚，老婆会发现我这个秘密。特别当医生再跟她说我不能生儿子的真正原因后，她肯定不会再要我了。为了性，我十八岁时就想结婚。可是村子里好人家的姑娘谁也没有看上我。哪一家都想把自己的女儿嫁给移民非洲的或是从贝鲁特过来的人。在我离开黎巴嫩去非洲前，大家都说非洲是个孕育机会的地方。也有人告诉我，非洲的女孩子一个个都像粘鸟的竿子，等着白人青年飞过来呢。我母亲好像也听了不少这类的话。她往箱子里放我的衣物时，没完没了地说道：“小心点儿，马吉德，可要多加小心！要像躲瘟疫似的躲开那些非洲女孩儿。她们有的是办法缠住白人，一旦有个男人挡不住诱惑，弄大了她们的肚皮，这些女的就会像蚂蟥一样叮住你不放，她们是不答应打胎的。孩子一生下来，不管你喜不喜欢，理所当然是你的。你自己的骨肉当然没问题，但这个当妈的来你这里五分钟前可能刚跟别人睡过。你知道玛哈吧？就是那个达尔维什的女儿。她妈就是一个非洲女人。瞧那些孩子笑话她说：‘黑人黑脸，一口白牙。’她这样能有前途吗？一头卷卷的头发，一身锈色的皮肤。谁还会要她？唉，可怜的姑娘。马吉德，你愿意你的孩子被人瞧不起，而你也跟着一起起哄吗？”

日后，在我和非洲女人之间起作用的倒不是这些话，而是她们的形象。我无法想象，有一天我的身体会压在这样的一个身体上面。我无法面对她们的厚嘴唇、野蛮的头发和黑色的胴体。

我多么希望我压在宰赫拉身上时她会喊，一面拍打着我的胸膛叫道："停、停！你弄痛我了，别弄痛我！"可她只是转过脸去，身子依然在我下面。尽管宰赫拉不是一个美人胚子，但我还是觉得妙不可言。我终于结婚了，拥有了一个想什么时候做爱就什么时候做爱的女人的胴体。从那一刻起，我那种被剥夺感，被四面八方围堵在狭路上的感觉正逐渐消散。我娶了哈希姆的外甥女，圆了我在南方做过的梦：娶一个过得去的名门之女。

我们的订婚期只短短一个星期，但这个时间足够宰赫拉的家长答复哈希姆的电报了。可是我发觉她并不快乐。她大部分时间缄默不语，即使开口说话也很冲。我想搂她时，她会羞答答地往前一弯身，挣脱开去。我剥开几颗开心果递给她，她拿了但不吃，端详半天，淡淡说一句"不喜欢开心果"。我带她去餐馆，同行的有塔拉勒和他的朋友。这时我看她脸上略有喜色，会说上两句话，抿嘴莞尔一笑，但始终拒绝跟我跳舞，也不愿意跟塔拉勒跳。在舞场上她拒绝我我才高兴呢，因为我也不会跳。我这辈子跳过唯一的一次舞是在非洲，还是跟塔拉勒。那次是过年，大家都在庆祝，我逼着塔拉勒教我跳。

我结婚了，真高兴。对她的印象呢？对她的印象无法从结婚这一点上来判断。每对新人新婚时都这样。我深信随着时间的推移她会对我习惯，一切都会改变。

现在她还是伸开四肢躺在床上，侧过头不看我。我觉得她很不高兴。这也是常情。女孩子在新婚夜总是很敏感的：一种恐惧和疼痛的混合体。但我觉得她是在憎恶，这也可以理解。今天是她的新婚夜，是我在要求圆房。她的头侧得更厉害了，我也没有听见喊疼的声音。现在是我睡在她身边，丈夫和妻子在行房事，但我畅通直入，一路无阻，也没看见什么，床单还是雪白雪白的没有一点儿血迹。我粗暴地把她推在一边，她仍然这个姿势，侧着头不看我。姑娘呀，我不要求一大滩血，一滴就够。但如今我只能在恍惚中喃喃自语："可恶的女人，太可恶了！”

她默不作声拉起毯子盖在身上。我一把拉开，细细地审视她的睡袍。没有！什么也没有。她还想盖上时我紧紧扯住毯子，大喊道：“你以前结过婚？”她摇摇头。“那不可能！你不是处女了。”她一句话也不说。我痛苦地紧扣着这个问题不放，继续追问道：“这么说，我们结婚前你跟别的男人睡过觉？”她还是不说话。我第一次无法忍受她这个人、她的沉默。她是哈希姆的外甥女。我大叫大喊：“快说实话，否则咱们一起去找哈希姆了结这桩无头案。”

她迸发出一声尖厉的哀号，说她什么也不知道，我和她圆房前她完全是个处女。我拒绝了她愚蠢的谎言，喊道：“你当我是个傻瓜？就因为你是哈希姆的外甥女，我就得信你的话，心甘情愿地对这现实不闻不问？不，不！你好好想想。”

接连几个小时，她瞪着窗外，神情恍惚。她脸色潮红，穿着睡袍坐在床上，边上堆着毯子，两眼死死盯着窗子，既不发问也不说话，不吃也不喝。一个小时、两个小时、三个小时……过去了。这里除了我，什么东西都是原来的状况。我失望至极，冲到门边，打开屋门，身后窗台边传来了细细的声音，是她在跟我说话：“请你找个医生来做个检查，他会告诉你我婚前是个黄花闺女。”

听她这么说，我好过了一些，我告诉她：“除非急症，医生这个时候不出诊。你穿上衣服，我们一起去医院。”

她站起身，关上了门。她的举动我满腹狐疑，满脑袋胡思乱想地留在门外，心怦怦乱跳。正想举手敲门时，门蓦然打开了，她穿得整整齐齐，先走出了大门。坐车去诊所还有一段距离。我们坐在一辆货车里，她在副座上，脸色苍白，两眼无神。当我停了车，下去开她那边的车门让她下车时，她连站的劲儿都没有了。我伸手扶她下来。她还是走在我前面，但几次差点儿绊倒。我急忙上前拉着她的手，这次她没有反抗。

早晨的诊所坐满了非洲人。我拉着她的手找了两个座位，医生五分钟拉开一下门探头往外看看。医生一探头，我觉得宰赫拉就像要跟我说什么，但随即一犹豫又恢复她那麻木的神情。最后一个女病人进去了，外面只剩下我们两人，宰赫拉忽然告诉我过去她工作时在上班回家的路上被人强奸过。我坐着生闷气，抬手擦了擦汗湿的额头。她在编故事。“好吧，有个男人强迫你跟他睡觉，”我说，“那么警察在干什么？你家人呢？”

提到她家时，我想她家人也许知道这件事，要的就是骗我。也有可能把她远远送到非洲，让那里的人上当受骗。我甚至想到她舅舅一定知道事实真相，从一开始就在愚弄我。我正局促不安地坐着，医生探出头来示意我们进去。宰赫拉或许以为她坦白完自己的罪过而我还老大不情愿地坐着不走，主要是我不相信她的故事，便急促而含混地承认她为此怀过两次孕又做过两次人工流产。我站起身冲出门去，她跟在后面。我坐在汽车方向盘后面，满脑袋是刚才她说的话。宰赫拉在外面费劲地开门。我已经没有帮助她的欲望了，相反觉得恨得她要死。最后我还是从里面给她开了车门，她艰难地坐上边座。

车在路上飞驶，一路上我斜眼看了几次那鼓鼓的脸、浮肿的眼皮，我更恨她了。这时我想起了母亲，想起了布尔杰小巷里马尔卡的小屋和辣椒的香味。我想起了宰赫拉已经从一个沉静、腼腆的少女到今天这个庸俗低下、有心计的女人。只要一想起母亲，真要感赞主，今天她远离了这桩乱七八糟的事，可是，将来她会不会问我要那条新婚第一夜沾了血的床单，拿去给宰赫拉的母亲还有亲朋好友、左邻右舍看？真要感谢主，我妈不在，她的舌头也不在。就是这张舌头当时为了让大家放心，她一定要看，也坚决给大家看这块布……

那时我才十岁。我姐刚嫁给舅家的表哥。一天清早，母亲和她姐姐正坐着喝咖啡时突然大声问她姐为什么不要看看那东西。我听见我姨妈说："这不重要，马吉德他妈。谁叫我们是姊妹俩呢？"……

同是一个理，我想宰赫拉的故事是我的秘密，因为到现在为止，除了我没有哪一个知道这个真相。这让我宽心不少。可是这件事里还牵涉到一个人。这个罪犯是谁？真有这么一个下流胚？

宰赫拉把自己反锁在屋里，我敲了很久，求她还是没用，最后门开了。我见她蜷缩在床的一头，手里拿着纸和笔。我问她那个男人叫什么？在哪里工作？如果他还愿意要她，我能帮什么忙？她只要说出他名字就可以了，我会和他联系，说服他娶了宰赫拉。可就是最后一句话，好像触动了她头脑里最敏感的神经，释放了全部的能量。她全身发抖，哭了又哭，缩成一团，像钻进了一个空壳里。很快，她坐起身来，抹干眼泪，神情在刹那间完全变成了一个和刚才号啕、抽搐没有一点儿关系的人。

她又开始迷乱，问话也不回答，不吃不喝。我又想起了母亲，但我知道她不可能知道这些事。我怀疑哈希姆搞阴谋的事也不存在。因为宰赫拉一再要求，无论把她怎么样也不能让她舅舅知道这些。她跪在我面前，脸几乎碰到我的皮鞋，像电影、小说里的角色求我的宽恕。"求你千万别告诉哈希姆和我的家人，"她苦苦哀求，"休了我，我去别的国家，自己找工作，你不必对我负任何责任……杀了我也行，你想干什么都可以……就求你别告诉哈希姆和我家里。"

天黑了，我一方面为这事搞得筋疲力尽，另一方面又生气不知道下一步该怎么办。我忽然觉得想跟她一起上床休息，我无法想象为什么这种感觉还越发强烈。她就在隔壁房间里，蜷缩在床上，刚才还求我宽恕。我进了她的房间，走近床边，又回过来关上百叶窗，熄完灯，上床把她抱在怀里。这次做爱时我不知道她是不是还侧着脸不看我一眼。一小时过去了，她还是像一根木头，偶尔也能见她睁大眼睛，但脸上自始至终毫无表情。我再没有不高兴，心想她可能还心有余悸呢。可是因为已经失去童贞怕成这个样子的她为什么还要结婚？为什么要跟我结婚？难道她想过我永远不会知道真相吗？天底下就我这么愚蠢？

怀着这么多痛苦的想法，这一夜我睡得很不踏实。又过了几天，对这个问题的极度紧张消失了。在非洲，这些令人生畏的问题似乎都是小事一桩。在这里，没有文化，没有社会环境，没有家庭来为这个问题的扩大与发展腾出空间。这里的男人个个都像一棵棵独立的大树为自己站立着。像只有他自己，与别人都不发生关系，也找不到过去。可能因为这里没有母亲，偶尔有母亲在的也都适应了非洲的水土与非洲融为了一体，变得缺少文化来加以叙述。不时浮出水面的传统与习俗是移植的，很不扎实，也没有人能固定得了，于是乎它们昔日的权威统统消失了。自然界当然帮不上什么忙。我母亲可能在村子里，可能在贝鲁特帮佣，不会再考虑我的幸福日子。我理应忘却这个故事，重新和宰赫拉去过日子。宰赫拉也应当忘却过去，高兴起来，多和我说说话，多帮我干活儿，给我生孩子，等我赚了钱再回黎巴嫩去。可是宰赫拉仍然冷冰冰地和我保持着距离，仍然木然地注视着窗外，不问也不答话，除了上厕所哪里也不去。她没在我面前吃过东西喝过水，白天抱着收音机，披着毯子坐在沙发上，好像沙发是她租下的，成了她的家和国界线。

我不理解也料想不到她的状态居然糟糕到这种地步。开始，我总以为她还是害怕又不好意思，所以故意装着不看我，直到有一天我下了决心把她的情况告诉了哈希姆。我刚说完，他一下变得特别烦恼，脸色大变，跳起身来钻进汽车，没等我出屋门，便发动汽车往我家走。我急追上来，只见他站在台阶上又敲门又按电铃。我连忙打开门，样子和他差不多，处于狂怒的状态。我们也在同一个时间里一起想到宰赫拉一定自杀了。我似乎看到了她全身笼罩在火焰里。可是眼前的宰赫拉仍然靠在窗台上，收音机播放着阿拉伯歌曲。

她一见舅舅哈希姆马上转过脸来看着我，目光在问究竟跟他说了些什么。为避免出现更多的麻烦，我跟她舅舅说，我完全不明白她怎么成了这样。哈希姆过去，扶着她往外走，我一言不发跟在后面。我锁好房门接过他的汽车钥匙，打开车门，帮他把宰赫拉安排在后排座上。他抱着外甥女也坐在后面。我按他吩咐发动汽车，开往医院。我至今不明白他怎么想到要去医院的。这个女人是什么人？一个骗子，害怕暴露真相而装着忏悔，我看不出医院和这三个不证自明的事实有什么联系。

我实在想不到，接下来的一个星期里，我会天天开着货车按同样的路线去医院探望宰赫拉。她躺在病床上，披散的长发，宽心的微笑。我过去拉起她的手，她伸过手来和我搭话。有时，我发现她面色潮红，额头上有一块暗伤。我知道她的事后，还根本没有想过怎么去治愈她的创伤。总之，只要她舅舅出治疗费，我就没有必要介入这件事了。

不过我还真没听说过医院还管哭的、不说话的病人。医院不都是治疗心血管病、管创伤手术的吗？不管那么多了，只要哈希姆付账单我还担心什么呢？记得哈希姆有一次告诉过我，宰赫拉在与家人告别时受过轻微的精神创伤，家里给她治疗过。听到这种托辞我暗暗好笑，但我绝不会把她变成这种状况的真正原因告诉哈希姆。

出院那天，我庆幸不用回答有关宰赫拉生病原因的问题。我害怕丑事暴露，首先考虑的是为了我的利益必须保密，至于感情已经不重要，完全可以忽略不计。但我最大的担心现在成了我们俩共同的。给我造成的最大的问题是她的行为开始被他人发现，使我们俩的结局都非常狼狈。我娶她的理由和愿望已逐步受到削弱。她没有了对我的爱，不管我的休息甚至我的工作和挣钱。目前的状况也显示出她无法哺育孩子，我们俩的角色好像颠倒了。我随时随地在照顾她，而她，一会儿睡觉，一会儿像个疯子一样发呆。

她出院的第二天，塔拉勒带着他女朋友来看我们，送了一束玫瑰。宰赫拉快步过去，她只是冲着花不住地点头，而没有伸手和他们握手问好。她折了一支插在塔拉勒西服翻领下的口袋里，又撅了一支插在他女朋友的头上，第三枝花插在我衬衫口袋里，最后一枝她自己衔在口里，不住发笑，笑了有十五分钟。我也想笑，塔拉勒和她女友也陪着笑，但我们都是装的。她的动作是神经质的，脸像白纸一样，毫无表情。她抢过其余的花，朝墙壁走去，伸出手指画她想象中的画。那是一个方框，她想把花放进那无形的方框里。花枝纷纷散落在地上。她捡起花再放，花又掉了。整个过程中她埋怨花，诅咒神明，脸色开始变得潮红起来。她转过身问我要点胶。我特别不好意思，问她想干什么。

“你没看见我在给妈妈的相框插花吗？”

我烦极了，耐下心来大声对她说：“你这该死的姑娘，以主的名字发誓，你真是个祸害。”

塔拉勒把我拉进厨房，让我别激动，答应帮我解决问题。当我们走回客厅时，发现宰赫拉正使劲地拉着塔拉勒女友的手，往她臂上套结婚时我送给她的金镯子。遭到拒绝后，宰赫拉用阿拉伯语跟她说：“这是我给你的礼物，是我们友谊的象征。”

我们一下子都怔住了。我走到宰赫拉身边，把她从塔拉勒女朋友身边轻轻拉开。可是宰赫拉拿着镯子还是使劲要往她那里去，说道：“我要她接受我的礼物，她为什么不要呢？”

我越用劲拉，她越要过去，嘴里又叫又嚷。趁着这个机会，塔拉勒跑过来拉起女朋友的手朝门口跑去。宰赫拉挣脱我的手朝塔拉勒大喊：“你跑什么啊？你跑什么啊？”回答她的是很响的关门声。

拳头猛烈的敲门声里夹杂着宰赫拉有节奏的呼喊像狂风暴雨在肆虐。

五、婚内的宰赫拉

我刚睁开眼就想合上。周围的空间好像泡在咸咸的水里。只要一闭眼，父亲的表和他手指拧发条的样子就在眼前迸跳。我也看到母亲为了润滑皮肤，贴满了西葫芦片的脸。我还看见母亲用一种糖做的调合剂抹在腿上拔除汗毛，她穿着宽大的长袍走上厨房的阳台，父亲把表放回卡其布制服的口袋里，把十几束绿锦葵等分四份，给母亲、我、他自己和邻居各一份。我也看到他急急忙忙跟着母亲走进厨房，打开她的皮包，又跟着她回来进了厕所，接着传来皮带抽在肉体上的声音。

啊，我要睁眼！在空间邀游的咸水重又用它的浪涛拍打我。我的眼睛在反抗，但不敢闭上，生怕母亲和那个男人出现；害怕马立克的出现，他曾经在车库里脱光过我的衣服；害怕我舅舅出现。我感到嗖嗖的寒风，拽着千百条蜗牛的寒风，它过来了，和泥泞的土地粘在一起过来了。这次更为猛烈，还带着一股腐烂的气息。蜗牛在探触我赤裸的身体，还带着它的气味，钻进我周身的每个毛孔。寒风在鞭笞我，一下又一下。任何入侵的东西我都无法抗拒，我无力抵御。我扣紧我的肉我的骨。我奋力，但似乎又不够，因为蜗牛仍然在爬行，身后留下一片我无法抵御的霜冻和严寒。我的反抗可以终结这种爬行，我应当用刀子、用篝火根除它们。我要让我的身体属于自己，我要让我站立的土地和周围的空间都归属自己。我丈夫如果愿意远离我的身体，为保证这段距离，“我的距离”，我不想让他呼吸，我受不了他的气息，甚至他的存在。

我这种矫饰和做作还要继续多长时间？我想对塔拉勒和他女朋友表示亲热，我也想做一个欢乐的女人，结果呢？说我拿玫瑰花攻击他们，马吉德是这么说的，他们俩也是这么说的，整个黎巴嫩侨民都在这么说。想有一天成为他们中一份子的希望破灭了。我想在陈年陋习中被替换，我也应该学学当地姑娘的样，一旦脱离了她们的气质和个性，我真不知道每天的生活除了沉默还能做什么，我不知道该穿什么、如何行动。

我们走上阳台，我开始笑，但毫无反应。只有马吉德把我拉回屋里，还说："除了疯子，有谁这么笑的！"只有一个黎巴嫩妇女在下面瞪眼瞧着我，我一定笑得很响也很长。马吉德拉我进屋里，我真想在他手上咬上一口，然后逃往非洲，逃进丛林。但我所做的只是低头听话，重新回到我的壳里安享我的和平。

几个星期后，塔拉勒和他的女朋友请我们去听黎巴嫩歌唱家塞米尔·陶菲格的独唱音乐会。那天早上马吉德陪我去买一件晚上在音乐会上穿的裙子。这是我出院后第一次离家外出。一开屋门，我已经周身冒汗，空气里的热气扑面而来，连太阳镜都蒙上了一层水气。手上、腋下冒出的汗一直淌到了大腿根。我知道热气一蒸发完紧接着就是太阳。这时候我会觉得昏眩无力，也是我尝到这片黑大陆真正滋味的时候。我明白了什么叫非洲，为什么叫它非洲。

我坐在摇摇晃晃的车里，望出去也只是车流。我想睡一会儿，但在颠得厉害的车里想睡可不容易，何况我闭眼对马吉德也不好。转了几家店，马吉德一直希望我自己挑一件，可我始终不敢伸手去摸挂着的裙子。我也看了一两件，没有什么特别理由说不好。就这样转了十多家店，我不明白为什么我会这样，也不明白为什么我会同意来转商店。过去我就知道我不会再挑什么东西，因为对任何东西我都视而不见。

看来马吉德有点儿不好受了。他和我一样犹豫不决地站着，在导购小姐面前无法选择，也无法跟我说什么。他无奈地站着。只有一次，他指着一件连衣裙，说他喜欢这件，可这是一件特体服装，为最胖的女人准备的。

在闷热中我们离开了一家家店铺。天似乎更热了。来到最后一家，马吉德让我进去，他在门口交给我一沓钱我也没数。他说："喜欢什么就买好了，过一会儿我来接你。"

他一走开，就意味着我挑中什么就可以买什么了。我看见一件银灰色的裙子，配上紧腰宽摆的衬衫，跟塔拉勒女朋友穿得非常相似。一句话没说，销售小姐领我进了试衣室。我穿上后站在镜子前面，可能我试衣时间长了一些，小姐进来看见我还没把新衣服脱下奇怪地问是不是要了，我点点头。接过口袋等马吉德回来。

那天晚上我穿着新买的裙子，客厅里塔拉勒和他女友还有马吉德都在等我。我一出现立刻发现三个人都瞪大了眼睛盯着看。很明显，绝不是赞赏的目光。我坐下,想说说话,但他们的眼睛都不敢正面看我。只听见马吉德深深叹了口气，不一会儿，站起身说："走吧。"

那一刻我突然对塔拉勒和他女友从心底里痛恨。马吉德对这个朋友的所作所为一贯是言听计从。今天我意识到我在他朋友面前给他丢了脸。我相信他为我感到脸红。我刚坐定，马吉德立刻弯过身来问我怎么买了这么一件衣服？有没有照过镜子？说着递过来一张手巾纸让我把唇膏擦去。

"把嘴唇擦干净了。你的样子活像一只老猫刚吃了自己的小猫。"停了一下他接着数落我，"你看看，有哪个穿你这种裙子的？又短又紧，阁下是从法国还是英国过来的？"我还没来得及回答，他又说，"短裙子亮身段当然好，可你，看看你的化妆，眉毛画得红一道黑一道像个野人。"

他还在跟我算账。我一言不发地思索着，我的希望已经完全断绝。看，尽管我默默退进角落，行动说笑穿着打扮循规蹈矩，本分得像个普通女人，他还是会指着我的鼻子训斥，他们也会在后面指指戳戳。汽车里，泪水不断从我脸上滴下，我竭力忍住，但还是没有用。我想这不是我的过错，安拉在我的身材上过于吝啬，在我的长相上也不表现一下他的天分。我抬起手来，摸到的却是脸上粉刺遗留的疤痕。我跟马吉德说想回家。我直觉感到似乎早在客厅里的时候他就露出了这种征兆。

他转向塔拉勒，表达了我的要求。对方一点儿没有表示反对，哪怕是骗骗我的。他调转车头送我们回家。车快到我们住的大街，他忽然转向右侧，把车停在了一条我从未留意过的沙土路上。路两旁有几家用芦苇搭的黑人小咖啡铺。对面路尽头处有一座孤立的小房子，多少个早晨我在悲伤和沉默中度过时，早已熟悉了它的外形。

下车时我想说什么，但没张口。马吉德在我后面进了家门，他紧紧地抓住我的手，问我为什么不跟塔拉勒他们俩告别。我什么也没说，飞步跑进厕所，随手锁上了门。我使劲摇头，想放开嗓门大喊。可是喊声一直憋在喉咙里，我失声了。

传来敲门声。

“别来管我，别管我。我要睡觉……睡觉……睡觉。我不想让哪个人对我评头论足，对我想做或不想做的事指手画脚。”

但愿我能永远躺在这厕所的地上，但愿我听不到任何声响，但愿大家都别出声。只有在厕所我才没有身处非洲的感觉，才能摆脱自己不去想自身的处境。能把这个卫生间当成我的天地多好！零距离，在任何空间里就剩下它！那时，不停的敲门声没有了，屋里唯一的我能在千百个声音中辨识的说话声没有了——那是规定了我的丈夫的声音、我父亲的声音。我母亲的声音早就被吓进了厕所，躲进了床下。父亲的声音尽管又响又高，比起马吉德来还算是动情感人，因为我习惯了马吉德对我怪怪的做法。某一个晚上，当我和母亲站在门背后发抖时，当他不了解我、不了解我的战抖和发冷的感觉时，突然成了我的丈夫。那天我闻到了母亲手上的气息，但马吉德不知道如何背记父亲的脚步声、父亲怀表的嘀嗒声和他希特勒式的小胡子，他也不知道去叙利亚途中我的呕吐反胃。是的，当我和外公坐在一起时，他也不曾和我在一起，是我看见外公战抖的手里拿着大筐往里装绿烟叶。当我的手在脸上刨沟挖渠、剥粉刺时，在腿上留下深深的圆形印记时，他也不曾和我在一起。

马吉德是一个奇怪又陌生的丈夫？在床上他在我旁边干些什么？我又在他旁边干些什么？他在我身上干些什么？什么时候那冷冰冰的蜗牛不再在我身上爬动？卡西姆舅妈的外甥女呀，我不想让你玷污了外公的清白！把手从我肚子底下拿开，我不想搅了外公的觉悟，你冰凉的手离我远点儿。舅舅呀，你怎么在我的腿上跳动？你怎么弄得我像一根羽毛、一片树叶般抖动，要躲开，要躲开你的目光，躲开你可恶的手指的抚摩，躲开那天晚上电影院里你伸过来搂我的胳膊。

你自诩是英雄，人又聪明，为什么不来保护我？英雄，你？非洲！

我逃出黎巴嫩来投奔你。毒蛇呀，你为什么不喷出温暖的涎液使我处在安全的范围内？非洲！你为什么一再让我走进那间低矮的小屋里？在屋里一听见车轮摩擦地面的声音我就发抖。在屋里一听见汽车喇叭声震动了车库的空间我就紧张得直咽唾沫。在屋里你看见我光着身子，还有马立克的气息夹杂着一股汽油味。父亲和他的阴影重重地压着我。母亲单独和一个男人在床上，这个人给过我洋娃娃和鸡腿。他躺在她怀里，她雪白粉嫩的手指梳理抚弄着他的头发，有时给他唱《我熟睡的情人》，有时把他忘得一干二净。马立克呀，你还在做报告吗？还常带姑娘去咖啡馆、流亡人士咖啡馆吗？在喝完咖啡、大谈纪伯伦文豪、纯洁的爱情之后，你还拉着她的手领着她去给报告做个实习吗?

求你们了，让我留在厕所里吧。在这里，我可以消失在时空里。在这里，一切和人的交往都被切断，也切断了我在里琪烟厂工作的记忆。厂里的工人都像印有民族标记的烟盒，个个都像一个人、一个声音。我的脸和他们不一样，有大片湿地在上面。我惊慌失措，因为马立克在厂门外的汽车里等我。回到家，有来自父亲的恐惧，他有可能听到了我和马立克的关系。有来自母亲的恐惧，她可能很好地研究并保存了在男人面前脱光衣服的女人的行为。连午餐时我也害怕我的护身幽灵会出现。这是一种鬼，听外公说他们喜欢待在人的身体里面，平日里双方倒也和平相处，但当你在似睡非睡之际，特别是白天，它就出来了，引出一场斗争不说，还让你做一噩梦。我想睁眼但睁不开。我想喊，我用尽了吃奶的力气想挣脱出来，声带可能出了毛病。这个幽灵挡在我和我的喉咙间，挡在我和我的眼睛、我的思想间，挡在我躺在石板地上听见的敲击声中。这种敲击声我每时每刻都能听见，我重又等着那接连不断的敲击声，在石板地上的声音十分深沉。我想睁眼，但睁不开。我想喊，可是声带被撕裂了。敲门声一声高于一声。我想呼救，但连呼喊的力量都已不存在。我终于睁开眼来，突然姨妈纳基白出现在眼前。她带着木质假肢，手里拿着一堆衣服，头上包着一块黑头巾。

看见我直愣愣瞪着她，这个好像从天上空降下来的女人开口说话了。“瞧，你睡得多熟呀，我的小外甥女，我在你周围转了足足十五分钟你还没醒。还好我不是一个小偷。你妈呢? ”

我还在和我的护身幽灵做斗争，这小东西扼着我的喉咙，照说还不想离开。我跟纳基白姨妈说了我的护身幽灵。她坐在我床上，开始念《古兰经》开端章。念完后打开一堆布口袋，各抓了一撮芦笋、绿薄荷、墨菊兰和大茴香放在我床头。

尽管敲门声仍不绝于耳，我太想留在这间厕所里了。一个奇怪的声音出现在我的生活中。我直挺挺地躺在老医生的观察台上，他的护士在一旁梳头抹唇膏。就因为这个，我今天躲进这个陌生人的卫生间、陌生的天地里。我对这精灵陌生，对我的姨妈纳基白陌生，对我父亲的脾气陌生。只要一想起父亲，想起他大发雷霆的模样，我眼前就会出现学校里成堆的必须背诵的语文课本。

我不想离开这卫生间。传来了我舅舅哈希姆的声音，他是我亲属，也是另一个陌生人。我听到自己的嗓音逐渐消失，好像幽灵又在大白天我苏醒的时候进入了我的身体，切断了我的声带。如今我困在这厕所里，舅舅在外面让我出一声，好让他放心。难道他以为我自杀了？在这间没有煤气管，没有煤气罐和火柴的小厕所里我能自杀吗？

幽灵离我而去。我开门走进房间找我的收音机和床单。听到马吉德不住地以掌击头，跟舅舅哈希姆说他已经无能为力了。

“我算是没有办法了，哈希姆。前天，一个叫苏阿德的妇女看见她在屋子外面走，手里的收音机声音开得如此之大恐怕连安拉都听得见。宰赫拉太太开着收音机在街上跳舞。安拉彻知，这种行为连吉卜赛人都感到羞耻。”

换来的是舅舅的沉默，马吉德突然大喊：“我受不了，我左右不了她的所作所为。我做了什么错事安拉要这么惩罚我，这么抹黑我？帮帮我，哥，我们还是说得上话的。”

我的护身幽灵呢？她怎么不过来了？是不是因为现在我不睡午觉了，还是因为现在我白天也一样发困，所以她不知道我是醒着还是睡着？听说有一回她大中午来过一次，喊了我。我一害怕没敢答应，所以之后她只在我熟睡时过来。我和东西交杂在一起，睡觉又和梦魇掺杂在一起，它们乘虚而入，使我眼皮沉重，喉头发干，心跳加速，直至胸部疼痛，呼吸困难。

姨妈纳基白跟我说过，护身幽灵既好又坏。每个人在孩提时代就带着一个,不用现身就可以常常来找他。人们如果怀疑护身幽灵的存在,幽灵会让另一个人站在边上发出他的声音，就像真正目睹了他存在的事实。

妈妈有一次带着我去南边看我外公。她把我扔在外公的小烟棚里，自己去会那个躲在烟叶地里的相好。我和外公在一起时光慢得像蜗牛爬。外公和往常一样，一门心思用打包针穿他面前的一大沓烟叶，从不跟我说一句话，忙得连从口袋里掏五角钱给我买糖果的工夫都没有。他想早早地把活儿干完。他所属的“南方子弟行会”要在哈西奈城门口集会，选出代表团和他们的议员代表一起出席大会。

我感到自己没个着落，也学着穿烟叶，可这比我想象的难得多。毒辣的阳光晒着波纹铁皮的屋顶，热气从小屋的地面升起，陶罐里的水开始变热。我走出小屋来到发烫的大地上。回头看，小屋像个海市蜃楼，淹没在幻景里。褪色的外墙在阳光下远看像座带个小清真寺的古堡，小屋边上有几排房舍，几个水塘。我解开发亮的黑皮带，拖在身后像牵了一头驴。我走到一个很大的水塘边，水里有青蛙，还有漂浮的垃圾和空罐头。周围的一切都是静悄悄的。我看看四周，问道：“主啊，能给我找个伴儿来玩玩吗?”我探向水边，把皮带浸到水里，突然看见塘里有个姑娘的影子。我没有做梦，仔细看后完全可以肯定这不是我的倒影。我的头带影子上没出现，拿皮带的手在池子里变成另一手拿着，连脸的样子也变了。耳边似乎听到有人在悄悄喊我名字，而池塘里姑娘的嘴唇也在动。我害怕了，转身朝小屋跑去，一下就绊倒在石头上，爬起来再跑又摔倒在地上。从塘边到烟棚的距离太遥远了,我想,怎么还没到呢?等跑到,我大声喘着气,想压一下也没控制住。我想，或许这是幽灵姑娘的喘息第一次出现在我身上。我吓得半死，站在小屋门口，看着想象中的水塘。从这一刻起，我的护身幽灵再也没有出现过。对!当我在空空的厕所里朝她喊时好像听她在念忏悔经。

"怎么办呢？"马吉德半平静半歇斯底里地问道。

"让我回贝鲁特去，"我回答，"住一阵再回来。"

我大哭起来。舅舅过来拍拍我的脖子。我哭得更厉害了，因为我无法让他别碰我，这种像老鼠在老鼠夹上的感受我除了哭还能怎么办。那只冰凉的手按在我脖子上。他的手要是没有脉搏有多好。可是舅舅身上什么东西都在跳动，连手掌也不除外。我好像听到了他的脉搏声。

我抬起头，想听听马吉德怎么回答。可是开口说话的人又是我舅舅。他说可以给我订一个后天的航班。接着他问我愿不愿意今晚住在他家，给我做必要的准备。我摇摇头。这下让马吉德高兴了，他说：

"这是宰赫拉的家。她要愿意的话，我可以走，我早准备好了。"

我想逃开这个对我、对我身体、对我听觉完全陌生的人。我想逃开舅舅、塔拉勒和他女友怜悯的目光，我想逃出非洲。我要从填埋我秘密的坟墓里逃出来。我要回归自我，回到自身的我。

贝鲁特到了，飞机降落在贝鲁特机场。我看到父亲紧皱眉头的脸隔着玻璃在问我："怎么回事？"我看见母亲胖得快要爆炸的脸盘，装满了顾虑但又显得平静。我已经忘却了贝鲁特等着我的是什么。

我回到了他们中间。母亲走上前来，我吻了她。父亲尽量把他的脸贴近我，问道："宰赫拉，告诉我，你为什么回来？你结婚才一个月，我们怎么跟大家交代？跟马吉德家说什么好呢？安拉让他发了财，你才嫁给他的。"我不知怎么回答才好，期期艾艾地搪塞他说：

"回家再细说吧。"

在出租车上，母亲探过身来趴在我耳朵边，说："宰赫拉，你是不是瞒着我们什么了？"

我不假思索地回答她："没有呀，妈妈。有什么好瞒的？"

看我好像还没明白她的真意，她低声跟我说："是不是你盼着这一天？你有了吗？所以你才回家的。"

我抿了抿嘴，摇摇头。这个举动好像打破了她所有的希望。母亲想我一定是怀了孕，她从没怀疑过这种想法的真实性，所以又一次皱着眉头急匆匆地问我："好吧，那你为什么回来？你跟你丈夫之间有什么事了？吵架了？我天天在想，这个世界上有谁会娶你。你呀，活像个狮身人面像，不说一句话，也不笑。"

我记得她没有问我她兄弟的情况。我想着马吉德和他的心烦意乱，也想起了马立克，他是不是知道我结了婚，又回黎巴嫩了。我问妈妈艾哈迈德的情况。父亲虎起脸，一个手指放在嘴唇上，意味着现在不是问这问题的时候。

我还是贴着母亲的耳朵问她艾哈迈德。她叹了口气："艾哈迈德嘛，愿主照看他。他失落绝望，整天糊里糊涂。以后再跟你细说吧。"

她还是不断地端详我。眼里有话，嘴里也有话，就是没有张口。不一会儿，她又问道："宰赫拉，你的脸怎么样了？"她往我脚上看，所以没有看见我脸上的疙瘩，"你丈夫见了你脸上这么多疱是怎么说的？看来你还是能克制自己不等熟了你不去挤它。"

这一刻，我明白我逃到了哪里，投奔了谁。我无法让母亲相信我这次回来就是为了想她。我无力制止家人雨点般的提问，如同我过去无法面对马吉德家人的出现。看了他家里人我就越发讨厌他们的儿子马吉德。一句话，农民！他母亲每次提起马吉德这个名字就止不住哭哭啼啼，泪流满面。对儿子为什么不能寄点儿钱给她也是一脸狐疑的神色。当得到了什么回答，她也会抽抽噎噎哭上一会儿，头左右摇摆。马吉德没有隐藏他的真相，是非洲隐瞒了他的真面目。马吉德全盘接受我的问题、我的故事、我不是处女的事实，曾令我非常费解。唯有一点可以解释的就是他的出身背景：他来自这个消瘦单薄的女人的肚子里，来自他父亲的脊柱下。为了儿子的成长，他艰难地掀开了儿子美丽的眼睛，在自己的大红土耳其帽子两边挂上手帕，马吉德难道真是从这个吐不清一个字的母亲肚皮里生出来的?

我觉察到我们家和马吉德家的背景竟存在着如此巨大的差异，也找到了他所以要娶我的答案。我这个人有许多缺点：脸上有痘痘、笨嘴拙舌、喜怒无常、没有品味……这就是为什么他发现了我的缺点和我神经性的发作后继续保持沉默的原因。

一次，我们在厨房里围着桌子吃晚饭，父母亲没有像往常那样逼着要我说出回家的原因，我主动告诉他们我得过神经性毛病还在医院住过一个星期。我相信二老听了一定会放弃再想从我嘴里挖出回来的原因，这是我在非洲时万万没想到的。我也没想到和马吉德离婚居然困难到这种地步。坐在沙发上盖着被单听收音机看来是很容易的。亚非两大洲遥远的距离很容易让我想到，我想向黎巴嫩家里索要的东西一定很容易到手。我要做的就是离开非洲。可是从飞机场入境大厅隔着玻璃看到了家人一副副面孔后情况变了，事情也难办了。再等到和父母面对面一谈后，我意识到已经不可能把全部真相据实以告了。这种想法从我头脑里、从我心中逐渐淡出。

日子一天天过去，我成了贝鲁特家中的一名囚犯。我没有想过要外出探亲访友，母亲跟我说今天某某人听说你回来想来看看，我也借口累给回绝了。也许我的状态也传染给了她。只要门铃一响,她就紧张，准备好的唯一的答词也忘得一干二净，重又凭空想了许多其他原因，像怀孕了、流产了、不了解我身体情况的非洲医术，等等。

我在这“监狱”里越待越烦。父亲一如往日一早穿上他的卡其布制服，尽管贝鲁特早就没有了电车。他仍旧天天开足怀表的发条，凑近耳边听听，对我说那几句十年不变的嘱咐。他照样早上出门中午回来，带回几个纸口袋的面包、奶酪和西瓜。母亲很少出去。要出门必然把头发裹在头巾里,在长袍外面再套一件黑袍。看她现在这副行头，我绝对不会相信过去那个长着跳跃的蓝眼睛、穿着蓝绸长裙、先去邵基大夫诊所、再奔向她情人房间的女人就是她。她不像是带着我翻过山石到核桃树底下会情人的她，更不是想一辈子让她把我抱在怀里的她。

多年前，我从姨妈纳基白那里听说，喜欢我母亲的那个男人没法再等我母亲遥遥无期的离婚，又结婚了。姨妈曾吓唬过要杀了他。

或许这就是日夜催我回非洲的原因。现在想回非洲的念头对我已经不那么陌生了，特别是马吉德给我来了三封信催我回去，还说怎么怎么地想我。我怀疑这些信出自他人之手，文句辞藻丰富，言辞得体，我实在想不出一个理由为什么他要我回去，为什么我们的爱慕和关系不能像一个男人和女人的关系？当他和我做爱，当他回到家里时，我想不起来是否有过一会儿我高兴过，没有沉默也不感到压抑。作为他梦中的妻子，我能带给他的只有欺骗和失望。他的信来自一个完全不同的世界，它不同于我父母亲房子墙内的世界，不同于我父亲经常烦恼的世界，不同于我母亲的世界，她创造的回忆只能是和她毫无联系的过去的母亲的回忆录。她如今则变成了一个去麦加朝过觐的母亲，一个只考虑她女儿前途，对先想做商人，后又成了影院检票员、汽车司机的艾哈迈德寄予希望的忧国忧民的母亲。

我决定回非洲。对我这是唯一的出路。母亲每天天亮做晨礼时特地为我祈求主让我回到丈夫身边去。我和父亲的目光接触时，他也总是这几句话、唯一的问题：“宰赫拉，我明天给你订张机票回非洲好吗？”

我和他们的生活整个儿处于固定的查问状态，或许我是这么看。我几次羞于伸手去拿面包，或往自己的盘子里添点儿吃的。如果洗衣服，用一点点洗衣粉也会觉得有罪。我回到他们身边等于在我和他们和回家休息之间划出了一道鸿沟，似乎他们对我的责任也随着我的婚姻而结束。父亲还在认为我逃往非洲是逃脱和艾哈迈德朋友塞米尔的婚事。

收拾行李时我在想：我为什么不能和马吉德开始一个新生活？我为什么不能把他当成朋友，和他一起工作，接受他的想法，帮他一起挣钱？我为什么要忘记，婚后我有能力为自己留下真实的感情，但不久却变成了一种契约。这就是马立克说的话，也是人们常说的，可是为什么我不是这么说，只是把真实的自己秘密地包起来？

我满脑子是这种简单的想法，所以一旦我思想里的非洲像噩梦一样又回来了，我又会回复到我的冥想、看法，回忆我回黎巴嫩后的生活：我是不是家庭的一个囚犯，是不是家庭和家人意图的囚犯？明天我要回家了。在家里我是一切，尽管结婚后我有过一两次没有承担起妻子这个角色。

到非洲那天，天空下着雨。远远地我看到马吉德和舅舅靠墙站着。他们看到我过来了，也看到我扭过头去，好像不想去认他们俩。我再回过头来，他们俩已走近了。突然，我强烈地想哭一场，真觉得像掉进了猎手的套子里。我不能直视马吉德，不能跟他说话，不能看他说话，不能看他吃喝，他是我痛恨的一个陌生人……所有这些如潮水般涌来。我们依然在机场内，和舅舅和来往人群在一起。以后我怎么和马吉德孤室独处呢？

我真的掉进网里了吗？如果真是，我怎能在此时回来，又怎能考虑此刻留在非洲？天在下雨，我的心在下雨，我的理智在下雨，要把所含的一切统统倾倒出来，试图推论，达到某种合乎逻辑的结果。但我已经关闭了所有的理性出逃路线，看到的总是网中央的我和涌上喉头的爆发性的哭泣。

天空已为我打开了大门，飞机也把我送回了黎巴嫩，我怎么又回到非洲了呢？我又怎么如此心甘情愿、自觉地回进了这张谁也不愿跳进来的罗网里？甚至连张网的人都裹足不前。传来舅舅的声音，“安拉保佑你平安到达，宰赫拉。”他用胳臂示意离我更近的马吉德上前。我走上前去，和他们握手致意。和马吉德的手一接触，立刻像冰凉的蜗牛披着薄薄外壳下的汗水，开始爬上我的指头、我的手掌，最后逐渐蔓延到全身。不！够了！我不能。我正等着什么人来救我。我已经无力自拔，我什么也做不到了。

舅舅能救我吗？或许他是我的唯一希望。他救过我一次，但如今事物正沿着自然的轨道前进，我无法令其改道。舅舅和马吉德接过我的行李，放进车里，打开车门，上车后往回家的路上走。我们很快就到家了，快得连我张口想让舅舅救我都没来得及，只听得他说今天晚上会过来看我。

和马吉德两人在屋里，我已经无法控制我的憎恶心理。满脑袋想和他一起开始新生活的念头被他的出现一扫而光。他过来了，当我感觉到他的鼻息，憎恶之心也油然而起。我转过头去。但窗外只有瓢泼的大雨。

我根本不看他，保持沉默。他问起我们家的情况，我回答了，没瞧他一眼。他想搂我，我滑步躲开。他还在过来，我后退。他紧跟不舍，我大喊，他不管。他终于把我捉住了。我挣扎，想把他的手推开，可他拨开我的手，决心来一场战斗，一连串的喘息更使我恨死他了。我又尖声大喊，希望窗外有人听见。可是除了暴雨的哗哗声，什么人都没有。

我下了决心要他走远点儿，他却横下一条心一定要过来。我坚决不让他再碰我一下，否则一定死在他面前，就像过去隔壁一个外国邻居那样。那是个外国女人，带着一条狗，一次一个美发师要强奸她，她抵死不从，一秒钟内一切都结束了，只剩下她的狗悲惨地嚎叫了两天。

马吉德的决心已下，我还在拼死反抗。但显然我已经筋疲力尽，哭喊也起不了什么作用。情急之下我在他手上用尽吃奶的力气狠咬了一口。我听到他一声惨叫，发疯似的破口大骂："你这个该死的女人！一条母狗！野兽！"他乱甩手臂想抽出手掌，而我想一劳永逸地清除他今后再敢来侵犯我的野心。没想他用另一只手把我推倒在地，先用脚踢，后再一把抓起，把我扔在沙发上，踢我胸膛。我只剩下哀号、痛哭的余地。

"跟我离婚,离婚！"我喊道。但听得他说:"给我起来！穿好衣裳！你这疯子，你回来干什么？泼妇！疯子！你想要我的什么？一千个姑娘愿意跟我过好日子。你疯疯癫癫，昏了头，还以为你是谁呀？你还觉得不可一世，是吗？去好好照照镜子，回来告诉我你看见了什么东西！"他还在喊，"安拉帮助你免除灾难。我看不起你，哈希姆的外甥女！我们都是受人尊敬的，哈希姆舅舅应该算是有地位了吧，叙利亚人民党的领导人。不过，老实跟你说，我宁可娶一个垃圾工人的外甥女。他妈的！起来，穿好衣服，快！小心我揪下你脑袋来！"他的脸凑到不足一寸远又吼起来，"起来，穿上衣服。"

他看我穿了上衣，一把把我拉出房门，打开车门。我艰难地爬上车座，坐下时还在抽泣。我对他还心有余悸但不想表现在脸上。这一仗我没有打赢，不过隐约觉得即将解脱。我可以接受的条件是，只要不和马吉德生活在同一个屋顶下。车走近哈希姆舅舅家，但他的车没有像往常一样停在屋外，这使我不禁有点儿担心。马吉德开车绕了一圈。这时我彻底惊呆了。因为每次我认为他已经消了气，变得更为理智，今天车突然转了个向加速，好像要把车来个底朝天。

往旁边瞥了一眼，我看见的是一张苍白抽搐的脸。我这时必须两手用劲抓住座椅，他还在加速，好像存心要把我摔到路上去。我不知道他想去哪里，也不能问。看样子想找个地方把我埋了，或者把我弄到城外小树林里扔下，把我吓死。

一个急刹车，车停在一幢小屋子前面，我一眼就看到了门外塔拉勒的汽车。马吉德一言不发跳下车，用劲碰上车门，这倒说明了不少问题。我很高兴坐着，但也担心事情要到头了。我盯着大门，等着随时可能出现的马吉德和塔拉勒。我在闷热的车里等了又等，窗外还是大雨如注，从我踏上非洲那时起雨就没有停过一刻，湿热的空气紧紧裹着我周身。

我喜欢这样等，希望永远等下去。外面是倾盆大雨，热浪从一个方向侵入大脑。我奇怪，为什么我总是处在一种痛苦累人的环境里，连在贝鲁特躺在床上时也是麻烦事不断。是不是一个人会制造麻烦，就像他眼睛的形状和头发的颜色一样与生俱来的。我从记事起就一直在乱糟糟的可怕的环境里，刚脱离这种宁静环境又走进另一种无为的环境，我就这样心不在焉地瞪大了眼睛，一连等了几个小时。我看周围，周围除了我没有任何人，好像大地已裂成两半，我去了这半边，整个世界在另外半边。马吉德和塔拉勒为什么还不出来？这个塔拉勒从见面第一天起就知道我不喜欢他。就是他，把我的个性和吸引力列在一般姑娘平均分之下，除了是哈希姆外甥女这一个事实外，没有一点儿是值得介绍的。

马吉德突然出现了，就他一个人。他回到车里。我不知道他有没有看我，也不知道他脸上的表情。车上了公路，我希望他能给我找个地方在回贝鲁特前先住下。时间过得飞快，我仍然盼着这个希望能实现。我捏紧拳头，不顾汗水从指缝里流出，心里直嘀咕要把我拉到哪里去，但一定不能回家。他突然侧过脸来问我想不想离婚，我点点头。

“那好，你自己在哈希姆舅舅面前说清楚。我绝对不会付一个子儿的离婚安置费。”

我长出了一口气，反问道：“谁问你要过安置费了？”

“即使你不要，你家里也会算计想要的。”

“那你就错了，我家和一般的不一样。他们不在乎钱，他们考虑的是我的幸福。”我回答。

他咬牙切齿地转过头来，大叫道：“你的幸福？我什么时候伤害你啦？”

这句话他说得一点儿不错，我无言以对。但我必须回答他：“无所谓的，我不是结婚的料。一旦离婚成功，我再不会跟任何一个男人讲话。我恨所有的男人。”这时我已经张不开口了，说不出话，只想睡觉、睡觉。

快到舅舅家了。这次车停在门口。马吉德冲我点点头示意该下车了。我下车后离他远远的。他按门铃，一下，两下，三下。舅舅红红的眼睛，粗短身材出现在门里。他诧异地和我们打了个招呼，一边裹紧身上的浴袍，一时不知说什么。他突然意识到还抓着半开的门，便立刻开大了门，连声说：“请！请！”马吉德一边往里进，一边问是不是把他吵醒了。舅舅连连否认，说：“一点儿没有关系。现在是我外甥女宰赫拉来了，无所谓的。”

我坐得远远的，在沙发的另一头。马吉德说：“得到宰赫拉的同意，我有些事必须得讲清楚。”

他开始把从结婚那天一直到今天我们之间发生的一切，一桩桩一件件都摆了出来，舅舅一直没开口。等马吉德讲完，舅舅清了清嗓子先给马吉德点明，我是不是一个处女完全是小事一桩，不值得一提。知识分子应当很清楚，也不用想在这件事上挑起什么事端。

“哈希姆先生，对你来说这么讲是很简单的。”马吉德打断舅舅的话，“可是……”

舅舅摇摇头：“不，不，马吉德。我不相信的事我决不讲它。可能你对我还是不太了解。你可以随便找人问。在二十世纪这个年代，这种事有什么可大惊小怪、紧张不安的。我们这一代年轻人应当想办法影响我们的父辈以及那些在这个问题上思想闭塞、心胸狭窄的人。好吧，你这个故事中真正让我操心的是宰赫拉的未来。比方说，宰赫拉是不是应当嫁给你说起的那个人；我们是否应当帮她一把和那个人结婚。”舅舅这时转向我，说道，“宰赫拉，过来。你怎么一言不发呢？这不是结婚之道——和这个人结婚，脑袋又让另一个人占领着。”

我深深出了一口气，心想，这个人怎么这么孤陋寡闻。确实是在非洲待久了。对我一连串的查究开始了，问他叫什么，在哪里工作，既然关系到了这个地步为什么不结婚。我直勾勾地盯着桌上的一盘水果，一句话不说。舅舅重又拾起话题，连猜带问：“是不是因为他是个基督徒，你又怕你家里人，恐怕还有什么原因？你为什么不写信给我？给我的信里从没有提过这件事。这是怎么一回事，宰赫拉？来吧，我们一起来解决它。告诉我，好孩子，这人是谁？我们帮你回到他身边，我们希望你快乐起来。”

我叹了口气，心想他离题多远呀。对他来说现在要能换个题多好，因为我不想张口。我继续盯着水果盘出神，这时传来几下脚步声。回头一看，过来一个穿着欧洲裙子的非洲女人，猩红的唇膏，胸口袒露到最大程度，脚上套着一串脚镯。她从卧室走进客厅，静静地等着给她什么指示。舅舅还在跟我说话，但眼睛一直看着她。她跟我们点头致意后静静地消失在大门外。舅舅还在说，却盯着马吉德狐疑的目光。这对眼睛好像认定了这个女人不久前一定和舅舅在一张床上躺着。

我眼不离水果盘，舅舅也似乎失去了耐心，声音提高了，人也开始激动。他一定要知道那个男人叫什么，这样我们家里才能和他联系，后来又说最好他先打个电话或电报和他接触。我内心在问自己，有什么办法可以让他换个方式看问题，或者改变他头脑里已有的形象，然后再跟他解释我和马立克的真实情况。我怎么才能用最简练的措辞说清楚这个其实跟我一点儿关系都没有的问题。也就是说，自始至今，我只是一个旁观者，又是一个在肮脏的床上被破坏了童贞的观众。当我容忍以后，我以自己的肉体，以老医生的手术台和他的护士成为一切过程的目击者。

舅舅啊，这之后，你会问我为什么会这样，你爱他吗？我会回答你：不，我绝不会爱上他，我无法忍受他，当时我是鬼迷了心窍。他说的那些诗，不知道他具有写作的魅力还是在巫师身边写的，否则为什么我对他没一点儿感觉又常去他那里？我的恐惧心理怎么这么容易受控制？我到家的刹那间十分害怕，但又不敢跟父母说。我为什么让这种从我在烟草公司工作时就有的可笑的恐惧心理始终控制着我？而解决的办法就是想让马立克在出口处外面的汽车里等着我。如果父亲看见他会怎么样？但这是不可能的，父亲根本不知道我在哪里工作。我为什么让恐惧心理蚕食我的脸，一口又一口地让我冲自己的脸报仇，最后弄成今天这副模样？

我始终生活在紧张、喧哗和战栗的气氛中。其实我很容易把他甩出生活圈之外，当时只需要简单地说一个“不”字。是不是因为软弱所以没有这么做？如果是，这又是什么性质的软弱呢？马立克为什么选中了我？难道在我额头上写着，马立克最先看到后把我牢记在心里？舅舅，我为什么是个旁观者，我无法告诉你。我不是怕吐唾沫，我不是怕叫喊、怕安静，可是我不能告诉你，我不想变成另一种女人。我要成为一个能理解自己的女人，我想离开非洲，想离开这个陌生的马吉德。

我把目光从水果盘上转回来，对他俩说：“让我们再试一次吧。”

马吉德似乎不太欢迎这突如其来的变化，结结巴巴地想解释一下他的立场。他最后还是改变了主意，连连说道：“是的，恐怕我们是该再试一次了。”

我舅舅完全给闹糊涂了，喃喃地说道："当然啦，宰赫拉，你千万别认真。"

我隐瞒了和马立克的这段感情，舅舅是不清楚底细的。我选择了这种解决办法，连舅舅都不知道还有另一个宰赫拉，并且认定它是最后一种解决办法。我应当回到我在贝鲁特已经满意的想法中去，那就是重新开始，只能和马吉德一起生活，别无他法。特别是当一条蛀虫进入了舅舅的生活中，她随时随地可以进行蛀蚀。七重天，你应当制止舅舅和家人继续了解我和马立克的故事！七重天，你应当制止让马立克和我的结合。他是会否认的，见证人只有我一人。我也不想去证明，我已经非常讨厌他的气味，他的身体。

回到家里，我跟马吉德说我们应当重新结婚。他不知说什么好。好像我当头给了他一棒，他弄不明白什么意思。结婚？他瞪眼看着，把我当中暑迷糊的人在散布流言。"我们不是结过婚了吗？宰赫拉……你没忘吧？"我说："我们一定要再结一次婚。"我开始考虑该邀请谁，该由谁来主持礼仪。马吉德一言不发默默地瞧着我，像遭到了雷劈，最后只催我快去休息，说我长途旅行后该睡觉了。

很难相信今天早上我还在贝鲁特，如今回到了非洲又好像过去了许多年。淫雨的潮气浸透了这里的每个角落，房间里、思想上……从今天早晨开始我觉得是长大了。我进厕所去更衣时，很希望在头上找到几丝华发。我在睡衣外面又套了一件袍子，蹑手蹑脚回到房间上了床。

我想在马吉德从阳台回房间之前假装睡着了一会儿。他在那里喝亚烈酒，但几分钟之后就进来了，上床后侧身背对着我，不一会儿就传来了均匀的呼吸声。现在我可以安心入睡了。我躲在床边上，蜷起腿，膝盖顶着胸口，两手抱膝。早晨，醒来后，进厕所换衣服。生活似乎可以这么单纯和美丽，就像昨天晚上和今天早上，没人碰我，没人管我。

结婚后我第一次做早餐和茶。马吉德穿着睡衣裤进来了。我很不高兴但没有发作。我希望他只是我的一个朋友，但不希望看到朋友穿着睡衣。他静静地坐下吃早餐。这次是我先高兴地开口，提醒他计划中的今天傍晚的结婚典礼。他仍然十分惊讶，一再问我是不是认真的。我点点头。

夜晚来临，马吉德的亲友携夫人纷纷来到。我注意到与会者每个人脸上的奇怪表情。我不明白这些目光是垂怜还是惊诧，只有舅舅悄悄跟我说："我们的家族总是不一般的。"入夜时分，奇怪的目光越发炽烈，诧异压倒了垂怜。和我的交谈往往是："现在怎么样了？安拉保佑，好多了吧，希望不要复发。"他们审视了我身体的每个部分。我突然意识到他们是在嘲笑我、议论我，尽管今天晚上我尽了最大的努力希望成为他们中的一员。

马吉德放上唱片，请大家跳舞。客厅里挤满了男宾客和他们太太的舞姿，这时只有我还坐着。我一再要求自己站出来，跳起来，排除这一时刻产生的羞愧，成为众人中的一分子。这个晚上是庆祝我决定要结婚的晚上，所以有了跳舞和唱歌。忽然，我发现我站在屋子中央，闭着眼睛，身子不断旋转，双手舞动，双脚踏着节拍。我还想摆动腰肢，可惜还没学会，我向后仰，不断晃动双肩。

音乐更强，节奏更快，我也转得更疯狂。挥动手臂，蹬踏双脚，扭动肚皮，前后摇摆。接着音乐转为非洲鼓乐，可能这是给我们家搞清洁的非洲男仆知道我回来，特地给我演奏的鼓笛乐。乐声激越，我忽而转向左，忽而奔向右，就像在贝鲁特时我从厨房窗户看到对面的职业送葬人的舞步。那些女人一身缟白，千百次地左旋右转，舞姿翩跹。我的头也合着节拍，低下、抬起、左右晃动。音乐又变了，转成祭坛舞女的乐曲，舞蹈的动作应当是脚从舞服中探出，一手托起披肩秀发，一手探向胸前。这时，音乐又转成非洲鼓乐，这是他们的权利，我们住在他们的土地上，享受着他们的阳光。音乐转回我们该跳的曲目：素馨花插在帽檐上，致以卡尔尤卡的敬礼。啊，这是卡尔尤卡舞，在电影《女人的青春》里有过，能引出我恍惚的谢意。

啊，这些音乐，变换又换转，忽而鼓声忽而琴声，我身体已经力不从心了，我该停下来了。不，还不能！我必须停了，我头脑发晕，觉得天旋地转。谁托住了我？谁在我耳边说："你还没跳够吗，宰赫拉？"我靠在他臂弯里，稍顷，才能看清一张张目瞪口呆的脸。舅舅正拉着我的手出房间。从这一张张批评我任何行动的脸中，我能认出他们是在嘲笑我又企图掩饰他们自己。我转向他俩，厉声呵斥："你们都是差劲的野兽，理智低下。有什么可笑的？你们在笑谁？你们不都在自己跳自己的舞吗？走吧，都滚吧！"

舅舅打断我的话，把我拉进卧室让我在床上躺下。我睡了一个从未有过的好觉，根本没有考虑马吉德睡在哪里。第二天早上醒来时，我虚弱得几乎要倒下。我又回到床上，心想舅舅和马吉德是不是在家里。这时传来了舅舅的声音，他来到我身边，扶我站起来去厕所。他在门外等我完事后又扶我回到床上。

舅舅坐在床沿上。"宰赫拉，好点了没有？"他问我。

我摇摇头，眼泪夺眶而出。舅舅出去，马吉德进来。他近乎耳语般问我："宰赫拉，你今天感觉怎么样？"我又摇摇头，双手掩住脸颊。他待了一会儿走开了，我翻过双手仔细一看，只见手背上凸现的青筋已转成蓝色。再看手指，十指肿胀皱缩。我还想看看双腿。我觉得腿也发胀，很想按摩。

舅舅带了个医生来，就是上次为我诊病的。他一言不发拉起我的胳臂打了一针，似笑非笑地离开了房间。舅舅坐在床沿上，我听见他在问："想不想过几天回贝鲁特去？"可是这件期望中的事没有让我心动。回贝鲁特还是留在这里天天看着窗外的大雨，在我身上完全是一回事。我只希望任何有关我的事物都停止运作，像眼前的窗户或任何一扇窗：可以探头出去看，也可以看到外面的东西在活动，而窗户本身是静止不动的，担当着迎来送往的角色。我特别想睡，耳边传来马吉德跟舅舅在客厅里的说话声。他说他已不堪忍受我的折磨。现在事情已经超出一个小家庭的范畴，发展成邻里、同事甚至整个黎巴嫩侨民间的问题，闹得人人皆知了。他告诉舅舅，有一次为了一点儿小事，他批评我后，我逃到不相识的邻居家里。

马吉德说的事我想起来了。那天我满身大汗在暑热天里跑到大门外那条颠簸不平的马路上，回头一看，马吉德追过来了。我跑得更快，还不住口地大声骂，声音大得有人推窗探头看究竟出了什么事。那条街住的全是黎巴嫩人，屋子都是木棚屋，一排排一串串连在一起。屋里满是食物的味道。由此我想起了母亲的厨房：煎洋葱味、香菜大蒜味。时不时听到的绞肉声音让我记起最后一次从马吉德屋里跑出来时吃炸五香肉丸子的事。那天马吉德当着邻居的面要我的收音机放低一点儿声音。我坐在连通厨房的阳台上，邻居是第一次来我家，我碍着面子就是不同意，马吉德自己进屋来旋低了音量。这一下惹火了我，一下子把声音开得最大，顿时左邻右舍都探出头出来。马吉德抓起我的胳臂，想把我拉进厨房里，我不去，情况越发紧张，邻居们十分尴尬。当马吉德还想说什么时，我喊着跑出了大门。

路上，我看见一个老妇正抓着她脸盆里长裙的下摆拧水。我跑到她身边时，她问我是不是来自南方。我坐在她脸盆旁的石头上，脸贴在膝头上失声痛哭。老人过来问我为什么哭，是不是想家了。我点点头。她柔声地对我说："孩子，过来。来我家里，我给你用玫瑰水洗洗。"

我跟着她进了屋里，眼前地上一排坐着三个孩子都在吃五香碎肉丸子。老人缓步朝厨房走去，对我说："他们都是我女儿的。我女儿和她丈夫在店里，我帮他们看孩子。"出来时手里拿着一碟肉丸子。我热切地接过碟子，丸子可真馋人。刚张口想吃时，传来一阵敲门声，老人问了是谁，想要什么。门开了，我听到老人的声音："宰赫拉是谁？我这里没有宰赫拉，你走吧。这里是我女儿伊斯阿夫和她丈夫乌季赫·法基赫的家。"她又回了一句，"哦，你等等。"

她的脚步声过来了，停在门口。

马吉德紧紧抓着我的手，我默默地向这位南方的老人告别，肉丸子还在手里，只听得马吉德在嘟哝："看你跑，看你逃跑，还跑到人家里吃东西，吃点心，主呀！"

卷二　战争的激流

人们很熟悉的谢里夫·艾赫威的声音又一次回到我的耳边："我再说一遍，我和你们在一起。"就在他说出这句话的同时，我下意识地用手抠摸着脸上的粉刺。我知道我的今天，我的明天会这样度过：闲坐；到厨房帮妈妈做饭；做完饭一起吃。我的体重有增无减，以致从外表看已经变成另一个人了，一成不变的只有脸上的粒粒粉刺。他们跟我说过，因为离开了非洲我又胖了起来。和我无话不谈的人对我说，我离开丈夫后，健康得到了恢复。在他们看来，我丈夫疯狂地虐待我这个失去了现实的马吉德夫人。现实是他失去了我。我应该对他们说，饮食，正是饮食把我吹了起来，可是，也只有依靠饮食我才能活下去。

我能听到的，只有那震耳欲聋的炸弹爆炸声和枪声，不停地啃食着世界上的一切——木头、岩石、空气和肉体。我能看到的只有我母亲，她就像羊尾巴那样不停地活动，一会儿跑到窗前，确认窗子已经关好，一会儿跑到这个角落，一会儿跑到另一个角落，嘴里永远是一句话："安拉保佑我们！安拉保佑我们！"

父亲不停地吸烟，一支接一支。袅袅的烟圈包围着他，缓缓上升，烦躁不安也慢慢毒化了空气。他走近收音机，调整一下波段，指望能听到停火的好消息。他穿着一身条纹睡衣，一小时又一小时静静地坐着，除了吃饭和爆炸前飞过头顶的火箭呼啸声，我们家就这么一个单调的画面。我没有想过，也许有一枚火箭随时会在我们家里爆炸。没有人敢往这方面想，人们总认为不幸、意外和悲剧总是发生在别人身上。

这是我和哥哥艾哈迈德共同住过的房间。我硬着头皮坐在床沿上读小说《常春藤》。父亲把半导体收音机紧贴耳朵，整个人靠向收音机的方向，边听边走，步伐迟缓，好像刚动完盲肠手术。他紧张地不断换台，搜寻要收听的波段。我仍然坐在那里，边看书边听谢里夫的声音在告诫我们不要离开自己的家。希雅赫路、布尔吉·百拉吉纳路都不通。母亲进来说："我们还有一袋面粉，足够维持一个月的，我们什么都不需要了。"一个月和两个月，没有什么区别，我想一年两年也一样。外面的世界是个什么样子？我们房子外面除了焦虑、不安、征服和疾病外还能有什么？这时的我反而完全放松了。我谁也不看。除了和母亲谈几句做饭吃饭的话，我跟谁也不说一句话，晚上觉也睡得很好，所以第二天早晨听母亲说由于彻夜枪声她整个晚上都没合眼，我还挺奇怪。

开头，我们对各方在短短几天的冲突之后实现停火已习以为常。我们不敢设想，也不能相信停火就是停战，冲突就是战争，甚至整条战线已经成为火海，我们也不会这么想这么说。这些用语都意味着战争，而我们没有在打仗。也许我们不愿意把这些东西融进现实，因为愿望、希冀和幻想都是伟大的。一听到停火公报，欢呼的口哨和庆祝停火的枪声此起彼伏，大人小孩光脚跑上街头。有人大包小包满载而归；有人买回大饼。而我和邻居玛莉娅只买了点儿搽我青春痘的雪花膏。我想，如此的平静真有点儿反常。

这种感受是实实在在的，停火很快就遭到破坏。谢里夫深沉而绝望的声音又回来了，他说："善良的人们，回去吧！待在家里，道路都不通，外出十分不安全。"不一会儿，他继续说，"战斗在激烈进行，各条战线战火纷飞。"

这时刻，我反倒觉得自己已完全释然，不再陷入失落，不去理会自己身上还会发生什么，不过我完全明白，我是在家里。家，全人类中不管你来自哪个阶级，有多大智慧，都在这里避难，甚至杂志的社会专栏上屡见不鲜的美女，现在她们的处境不也和我一模一样？躲在漂亮住宅的某角落里，听我之所听，想我之所想。

当我听到战斗打得正凶、各条战线战火纷飞的时候，我倒觉得很平静，这意味着四周的墙壁确定了我的边界。妈妈对我的所有希望，包括我的再婚，已被火箭的闪光雷鸣彻底埋葬。我现在一个人很轻松，很平静，这种气氛使得我心安理得，这种逻辑是病态的。我曾对自己说，睡眠这么好是病态；胃口特好是病态；体重增加是病态；一件睡衣穿上两个月不换是病态；青春痘长满了脸，甚至长到脖子和肩上而不认真治疗也是病态；一言不发更是病态。这两个月里，母亲一见我还穿着那件睡衣就冲我大喊大叫，我坚持一言不发，这就是病态。我对母亲的焦虑，特别是她试图弄明白我和马吉德离婚的真正原因，而我对她的关心不屑一顾，这更是病态。

我总是回答她，这个话题已经死了。对我而言，事情已经完结。她对我的话非常不满，加以愤怒、急躁、发疯似的严词训斥。在马吉德问题上，我在她的面前总是一句话都不说。

对马吉德，我下意识地称他为“非洲”。我不断自问，谁把我弄到那遥远的地方？而当我想避开这个问题时，我又回到了自我禁闭的顶点。我提醒母亲说，如果没有非洲，没有和马吉德结婚、离婚，我早成了父亲脚下、他那严厉的目光注视下以及他希特勒式胡子的恐怖下的一具尸体了。他会抽出裤兜里的表贴着耳朵，算算站在我尸体上有多长时间了。

非洲是一口深井，我已将那破烂的秘密一股脑儿扔到井底。但我还是回来了，带着半条命回来了。在那里，我的神经质有增无减，回来后，也没有彻底根除。我被他们洗劫了，从那时起，我觉得很难和人对话。我变了，似乎处于一块僵硬物质的内部，既不能缩小，也不能延伸。我不再允许任何人从那个缝隙里窥视，过去我就是通过这条小缝去了解外部世界的。后来我干脆关上所有的大门，拒绝任何企图和我交谈并建立普通关系的人，像邻居或邻居的邻居、亲戚或亲戚的亲戚，等等。我茕茕孑立，整天和青春痘做伴，和从不离身的睡衣做伴。也许正是这种情况，才引起了周围的人一刻不停的关注。

火箭的爆炸声渐渐稀疏下来。停战意味着我不能再一连几个小时坐在床上，不能再留在厨房里听几个小时的收音机。停战意味着走出大门，我看人，人看我。这群已退化到如此地步的人们，在我眼里，他们已变得毫无意义。我要出门时，母亲总会提高嗓门喊道："孩子啊！脱了那件睡衣吧，出去看看世界，出去看看主的世界。"我当时一句不说，心里想：为什么？任何一个人对我都不再有任何意义，我是全世界最高贵的。这个世界里，除了谎言和虚伪，还能看到什么呢？

我憎恨所有的人，包括我们家的亲戚。我不会再跟他们那些人来往，连说一声"你好""欢迎"之类的话都免了。我感觉到他们在笑话我的满脸疙瘩，臃肿痴肥，没有一个人试图进入我的内心世界探矿寻宝。他们的注意力集中在表面、外观，而我，正好是外形枯槁、身材失调。

母亲眼泪汪汪地求我："开开窗，和你姨娘说说话，给你姨妈回个话。安拉保佑你，起来吧！向邻居栽娜卜问个好。"

我一声不响，躺在床上或坐在椅子上，断然拒绝出门。母亲轻轻打开房门，重复着刚才的话，重复一次，改变一次声调，惹得我心烦。我讨厌极了，骂她，冲着她的脸大声吼道："某某来了，她不就是要确认我是不是真的疯了吗？好吧，来看吧，我在这儿！看看我这块没有爱心的笑料！"我声音特别大，来访者听得一清二楚，往往弄得她面红耳赤，当时就向母亲告辞，退了出去。慢慢地再没人敢来看我、跟我说话。有时碰巧我在客厅，邻居或亲戚来看我妈，也个个面面相觑，不相信我是个正常人，不相信我还能开口说正常人的话。

白天天天过，夜晚日日来。我们的家白天一个样，晚上又是另一个样。白天，大家进行正常的活动:睡觉的床、饭厅、板凳、墙上的画、放满锅碗瓢盆的厨房、盛野薄荷的箱子，还有窗下堆放的红辣椒。厨房做饭的气味串到我的房里，串到会客室。那是厨房的原有气味。还有洗衣服用的塑料桶和拖把……这一切的一切都和战前一模一样。到了晚上我们的家又成了另一个样子，有点儿像妖精的避难所。四壁回响着炮声,火箭爆炸的巨响震耳欲聋。原本安全的家,变成了充满疑虑、恐怖和子弹的家。

一天天，一夜夜，枪炮声越来越大，越发密集。睡床不再是休息的地方和安全的去处，我们整天提心吊胆，对外面响声的恐惧与日俱增，特别是在晚上。我开始讨厌我的床，不再能熟睡，对疯狂的炮火也不像过去那样安之若素。我太累了，强撑着，努力说服自己，墙外发生的一切将和往日一样，将被明早的阳光一扫而空。第二天早晨起身后，全身筋骨酸痛，好像昨天晚上在床上被人抻长了，又像被两个男人按住后用皮鞭不住地抽打过。一起床，全身好像裂成碎片，我怕散了架，不敢动弹。与此同时，我的双目下出现蓝色的眼袋，模样像紫色的内伤。

我在家中踱步，昨晚这里是一场噩梦。我不相信一切事情会一成不变，我也不相信昨晚的一切会一成不变。在这些日子里，无比的恐惧和对结束战争的渴望同时存在，它们把我和父母拉近了。他们首次发现我不再是个女精灵，特别是我又以热切疯狂的心情阅读报纸、关注战事的进程，这和他们俩过去所做的一样。我确信，恐怖的日子改变了我生活的轨迹。

通过阅读大量报纸，从字里行间寻找真相，我重新跟上了战争的步伐。我不断思索、考虑，然后是恐惧、失望、怀疑……这些天的伤亡人数准确吗?真有抢劫吗?检查身份证，根据你的信仰决定杀你还是释放，这是真的吗?战争状态下的青年人接到上级命令就得穿上军装参加战斗是真的吗？瑞夫里电影院真的烧了？赛尔赛格市场失火是真的吗？狙击手还在那里吗？我们的邻居理发师乔治真的转到对立面去了？那我也要反对他吗？我不信，我不信！但我听妈妈说过“安拉会灭掉基督徒”。父亲在一旁让她住嘴，“妇人之见，幼稚！幼稚！一辈子都这么幼稚！这是国际游戏，不是基督徒和穆斯林的战争。唉，女人哪！”墙外正在发生的事是真的吗？而我们院内的生活还是战前的老样子。上面的种种真的都发生在黎巴嫩吗？

只要枪声一停，人群立刻拥向哈姆拉大街的咖啡馆。灯塔海岸大街摆满了卖芝麻饼的摊位，绥达路上挤满了卖莴苣、卖红萝卜的小摊位。停火期间，报纸开始刊登生活照片。《白日报》在照片下加了评语：“一堵车总意味着什么。”

人们怎能忘却昨晚的噩梦？他们怎能在门前欢声笑语？好像前天晚上的死亡发生在别的国家。突然间我感到不寒而栗。我在想，我们的日常生活方式应该解体了。我决心从现在起，不擦地板，不去闻那厨房的味道，不整理床铺，不给花盆浇水，让那些花草慢慢死去。父母亲应该满足于能吃饭、能活着。外面的世界都在走向毁灭，我为什么还要在家做家务呢？战火燃遍全黎巴嫩，这个家也应该毁灭。

然而一切都是事实，活生生的事实。

我紧紧地拉着哥哥艾哈迈德的手放声大叫。他失踪一年多了，忽然出现在我们面前。满脸胡子，一身军装，背着长枪。他说他的驻地在希亚哈。我抓住他的双肩拼命摇晃，不相信站在面前的就是艾哈迈德！这个艾哈迈德过去偷我手里的巧克力糖，他打我，咬我，回过头来又亲我。我要进厕所的时候，他就来吓唬我，说挂在墙上的每张画后面都有鬼，一到晚上就会下来，弄得我一个晚上不敢睡觉。我读的第一本书就是他给的，书中的莱德柯拉就是一个吸血鬼。这个艾哈迈德，处处护着我。正是他，站在我一边和我一起帮过谢拉勒·沙乌尔。

他还编过戏，常让我在戏里扮个用人的角色。一次我们不小心弄翻了墨水瓶，墨水洒在地毯上，吓得我们一起躲在床底下。他剥橙子皮像玩魔术，剥下来的一整张皮里塞满餐巾纸，还是橙子的模样一点儿不留痕迹；也是他，用鸡毛和狐狸皮吓唬我；就是这个艾哈迈德，讲给我听大象和蚂蚁的故事，给过我十个里拉，让我去看皮肤科医生，治我脸上的疙瘩。

艾哈迈德现在就站在我们面前。他身穿戎装，背着卡拉什尼科夫冲锋枪，胡子留得老长。为什么？怎么弄来的？我不敢相信。我抓住他摇晃，尖声叫喊。他茫然无措，目瞪口呆，正努力判断他妹妹是否真如人们所说的那样疯了。

没多久，我全身无力，闭上了双眼。不知过了多久，我发现自己躺在床上，一旁母亲拉着我的手低声哭泣。父亲坐得远远的，也不看我一眼。这时我觉得需要上厕所，母亲扶我站起来，经过厨房的长桌时，看见桌上放着二百里拉。奇怪，钱怎么在桌子上？我从来没见过哪怕是一个里拉这么显眼地放在桌上。我想，这二百里拉能是谁的呢？但这时我已没有精力再想这个问题了。我回到床上，母亲也回来了，坐在床沿上拉着我的手问道："承蒙安拉保佑，你好点儿了吧？"我摇摇头，没有说话。

父亲仍低头坐着，目光散乱。我问母亲以前是否知道艾哈迈德在干什么，她模棱两可地晃了一下脑袋。我问她："为什么？妈妈，这是为什么？"她含着眼泪只答了："唉，我的女儿，唉。"

我想我应该学会控制自己的情绪，才能和哥哥沟通，才有可能问他为什么要卷入这场我不能理解的战争。过了一会儿，我问母亲，由于我的举动，不知艾哈迈德会不会再来看我。妈妈笑了笑说了一句我放心的话："宰赫拉，你们不是兄妹吗，他怎么会烦你呢？他不知道你有精神病。"我又问他什么时候能回来。母亲说："他说了，就在这轮停火后他会回家来休息，可怜的孩子！”

这时父亲易卜拉欣掉过脸来，带着讥讽的口吻说：“唉！的确是可怜的孩子，整天扛着枪乱跑，总认为自己在战斗。和谁战斗？和他兄弟？和他的朋友还是他邻居？你这个傻女人！我们黎巴嫩人乡里乡亲都是一家人。黎巴嫩是个小国，我们都是一家人。真可怜，他们的思想都被搞乱了。要不是大难临头，我早把他扔到大街上去了。”他又换了嘲讽的口吻，“向安拉发誓，他在想什么？想你一定会高兴地收下了那二百里拉。我连碰也不会碰它一下，那可恨的钱是烈士的鲜血、孤儿的泪，你收下就是不对。”

战争还在进行，死了的活着的都在抽风。谢里夫的声音再也听不到了，各种声音相互干扰，时断时续。广播电台多如牛毛，电视频道如雨后春笋，各家都自称唯一，自称合法。

我们这条仍然充满生活的街已经死了半截。这种矛盾现象很不正常。它的中间点是个十字路口，那些比较安全的高楼上建有狙击手的据点。我还在家里，两手捂着脑袋，害怕随时发生爆炸。有时又顾不上脑袋，两手捂住眼睛，怕看见爆炸。外面什么都在爆炸，里面也可能爆炸。尽管多年来日常生活照样进行，但外来的伤害无孔不入。各种曳光弹带着火药味和黑烟渗透到我们家里。

简单地说，我已不再是宰赫拉。我的问号和惊叹号一个接一个，从未停止过。为什么这半条街一直到巷底从未停止过呻吟和紧张，从未停止过流血？每当出现一丁点儿平静的时候，孩子们就急不可待地到柏油路上玩。卖青菜的小贩们分散在大楼的门口，还有卖报纸的，跨着摩托车，带着蓝色的报箱发放每天的报纸。

为什么死亡控制了我们这半条街？如今，飞跑而过的孩子、匆匆而过的男人和女人，无一例外地脑袋上都中了一枪，他们刚才还活生生地在狙击手的瞄准镜里嬉笑哭闹的。战争为什么这么不公平？正义为什么没有扩散到每一个角落？为什么我们家对面的艾布·贾米勒饭馆依然飘逸着烧蚕豆的香味，但出出进进的都是荷枪实弹的人？

我在饭馆玻璃橱窗外看得清清楚楚。他们都是人，在那里狼吞虎咽，仰脸张嘴，把玻璃瓶里的液体直着往下灌。他们没有忘记路障，没有忘记枪林弹雨和对面的敌人吗？他们嘴里嚼着口香糖，微笑着拍拍艾布·贾米勒的肩膀，想平安地回到自己的阵地。这时，艾布·贾米勒紧紧地抓住他们的手，哭丧着脸大喊："求求你们了，不要走。忘掉阵地吧，留在这里吧！"那些人还是离开了饭馆。我，这时的我，却成了一头伤痕累累的母狮，心头受了重创。

我读报，满篇都是尸体的消息：在拐弯处、在桥头旁、在垃圾站……这个人倒在了地上，他过去是孩子，后来是青年，现在变为成年人了。他脑袋里有成百上千的回忆、不安和烦恼。刹那间，他什么也不是了，就像身旁扔着的那只鞋。

也许牛奶是这孩子肚子疼的罪魁祸首。他哭个不停，家人围着他想用香橙花水减轻他的痛苦。现在他脸色蜡黄，孤零零地躺在地上等死。

就是这些创造出那么多词汇来掩盖尸体和毁灭的报纸，仍然登满了这种香烟、那种肥皂的广告。为什么不用黑色来掩盖报上的废话，只满足于空喊，满足于为战争遣造新词？这些词句人们看不懂，也不知道怎么形容它。而它们正用烈火吞噬着人们的大脑。因为它们没有拉回扣扳机的手，没有抓回填炮弹的手，没有能让武器遗弃在雨地里、阳光下，更没有能让拿武器的人回到绵延的海岸，回到土壤芬芳的山下平原。

我，不再是宰赫拉，我不再捂着满是粉刺的脸而是紧紧抱住头。战争打进了我们的家，我无法再在子弹和火箭的呼啸声中紧闭双眼毫不在乎。墙上的小洞在我头上方就是一个火山口，所以我的手没日没夜地抱紧脑袋。伤口疼得我直咬手指头，咬得皮肉发紫，后悔不已。

我怎能拒绝这里的蓝天？拒绝这里的蓝色海洋？拒绝这里的树木？怎能抛开这一切，想什么终有一天要定居非洲？可如今我已远离这一切，又好像从没到过非洲，在那里的经历十分遥远。那里的人已统统死去，只剩下了回忆。战争弄死了他们，战争使我苏醒。哈希姆舅舅，他那冰凉又讨厌的手，那通红的双眼和急促的喘息也都死了。我怎么住在马吉德的屋子里？双眼凝视着窗户外，屋里除了湿热什么都没有。

疲惫、呻吟和爆炸什么时候是个头？我要不要以一个受伤的母狮口述的形式给各条战线的参战人员发一封信？可是不久以后，我发现我的想法是多么的幼稚。战士不是领导。停火令来了才能执行。看来我该分别给拜雅尔·贾米勒、凯玛勒·琼布拉特、雅希尔·阿拉法特等人去信？一切事情是不是都是个谜，还是我已天真到不知东南西北的地步？

不止我一个人天真到如此程度。大家的思想也都混乱不堪，但有一点是相同的，大家都有好的天真的愿望。我们以及所有的人都这么想，都这么说：如果卡拉米就任总理，战争就能结束；如果凯玛勒·琼布拉特让步，不再教训长枪党，战争也能结束；如果总统自动辞职，战争早就结束。我们甚至相信被绑架的琼布拉特的儿子回来后，战争便结束了，特别是释放琼布拉特之子的人正是凯米勒·夏蒙。我相信，我母亲、父亲相信，我见到的人都相信这一点。给他们写的信上要这么说吗，“我渴望能看到战前的星空！”或者就用两个字，不，几个字：“希望你们结束战争吧。”

战争不再是宣传，不再是骂架和暗斗，战争杀死艾哈迈德的几个朋友，使我们对面邻居的小孩儿和一个记者毁了容，我读过那记者关于战争和打穿他肚子那颗子弹的报道。窗外，战争让我看到十几个青年男子，蒙着双眼，在卡拉什尼科夫冲锋枪枪口下走过我窗前，显然在这之前他们已遭到毒打。这些青年战前应该在区内同一学校、同一工作场所，同坐在区内唯一的饭馆和咖啡馆里的椅子上。这些人就在一个早晨被关进对面建筑物下的防空洞里。

我战战兢兢地跑去告诉母亲，报上看到的事现在正明明白白发生在我们眼前。我大喊：“我们怎么办？”我匆忙找我的鞋。一个月没穿，连颜色式样都忘了。

母亲挡在我前面，不让我动：“你在发神经吗？”我把她推到一边向窗口跑去。我看到入口处只有两个扛枪的青年人在喝咖啡，我一下认出这两个人正是我区中学的同班同学，心头的高兴自不用说了，心想他俩一定会听我的话去救里面的人。我跑向窗口，但母亲拦着我威胁说，再不听话就喊在卫生间的父亲。我扔下她飞快跑到窗口，打开窗户，放声叫喊那两个人的名字。两人向我瞟了一眼，表示尽管在街上见过面但想不起来我是谁。我说了自己的名字，还不管用。其中一个离开了大楼的大门，走到窗前，说了一声“你好”。我真高兴，问他里面关的是谁。

“你认识他们？”

“他们干了些什么？”

“没干什么，我们在街垒那边截住他们，想用他们交换我们的人。”

“安拉保佑你们，让他们回家吧！”

“什么？！”

“安拉保佑你们，让他们回家吧！安拉保佑你们，让他们自由吧！不能做一次好事吗？他们什么坏事也没做，安拉保佑你们！”

这时，我觉得我被人拖离窗口，母亲的手紧紧地捂住我的嘴和鼻子。父亲两手一起使劲把我往后拖，同时也听到他俩一起在喊（或许是两人生平头一遭一起在声嘶力竭地喊）：“我说你这个疯子，想要他们把你崩了？真那样倒好，一了百了，省得你整天给我们丢脸。疯子！

他们会让你付出代价的。”

我自知无能为力，只好抱着脑袋坐在那里哭。我希望不再听到枪声。我祈求安拉不要再让我听到防空洞里有任何动静。过了好一阵还没有听到什么动静，我惦记黑暗的防空洞里的那些人，生怕他们自己会听到枪声。他们现在在想什么呢?

如果母亲叫我去，我会下去看看他们。我继续坐在窗下，等待他们出来。但我看到的，只有警卫的换岗，防空洞里鸦雀无声。

我坐在那里进行自责，战前当我不舒服的时候总有这种负罪感。我曾经认为的不幸，我曾经感到的痛苦，一切的一切，无非是些幻觉或是轻微的挫伤。

当时这些感触可能都是真正的痛苦。但当我回忆起那种战栗，那种难以控制的战抖、抽搐、行为反常、捂住双耳、不言不语、只想痴睡、只想钻进蜗牛壳里休息……想到这些，我才感觉到它们是多么的真实。它们不是幻觉，也许当时的这些感觉都是实实在在的。不过如果把这些痛苦和我在非洲遭遇的以及战争的痛苦相比，那真是小巫见大巫了。它们是不能相比的。战争的痛苦无穷无尽，是具体的，物证是有形的:尸体、毁容、大火、破坏。

我是一头被囚禁的母狮，除了去医院做义工，什么也干不了。我害怕楼顶上埋伏的狙击手。在街上我和邻居的小女孩贴着墙壁走。尽管他们伏击的是反方向，但我总怕被打倒在地。

医院我只去了三天，三天里我没能救一个伤员，也帮不了谁的忙，因为我控制不住四肢战抖。伤员的呻吟渗透了我周身，血腥味里掺杂着恶臭，周围都是垃圾桶，蚊子有鸟那么大，伤员的亲戚、家属哭哭啼啼，到处一片混乱。那些用陈词滥调谈论战争说“好，多带劲”的人根本没见过战争，在电影上看到战争和医院的人也没真正看到战争和浩劫。

你说，战争的领导人来过这些医院吗？如果来过，如果走马观花来过一个小时，也能顺便干点儿别的事，在这里消磨这一天。他们不会去考虑那打断了的腿、眼球成了液体、缺指头少胳膊的一幕幕惨剧。为什么没有一个当头领的过来听听那些呻吟声，发誓停止战争，自发地宣布“战争结束了”“由我来结束战争”？战争不结束，任何问题都无法解决。有比人类、生命和安全更重要的事情吗？我宣布从现在起战争结束。呼喊的、痛苦的、呻吟的，希望你们宽容我！

日子一天天过去，我正考虑我怎么能和国际领导人取得联系。据说他们讲过，是战是和就看他们的眼色。我多希望自己是国家总统的女儿，或者是一个埃米尔的女儿，哪怕是个精灵什么的也好。那样或许他们会倾听我的呼吁。想到这里，我感到茫然。是什么控制了政党领袖们的思想，牵着他们的鼻子，让他们在签字结束战争的圆桌上睡大觉？

家里一片寂静，外面也到处静悄悄的。和平的念头一出现，我立刻想到，和平到来那一天，世界已是尸横遍野；我记录死亡人数和被毁建筑物的纸页已厚厚一叠；踢翻的银行空钱柜横七竖八；衣衫褴褛、面容憔悴的人群，拄着拐杖缓缓前行；有价值的历史文件已成灰烬，半枯的树上枭鸟在做巢；孩子的睡床成了老鼠的乐园。

和平即将来到。可是在烧光、消灭光所有的东西后，又如何在石头上、火堆上实现和平呢？

爆炸声，子弹、火箭的呼啸声震天价响，领导人夜里还睡得着吗？反正我是不能入睡，我等着那帮人从黑暗的防空洞里出现。父亲大声命令我远离窗户，关上百叶窗，以防他们向我开枪，我没有回答。到目前为止，还没有听到近处防空洞传来枪声。那就是说被关的人还活着，他们将被作为人质交换。突然，传来一声枪声，接着又一声，再听，近处没有了。第三声来自防空洞。我听错了？防空洞的门还是那样，嗖嗖的子弹声没有惊动门口那两个站岗的，没有惊动任何人，也没惊动今天下午来过一次的艾哈迈德。当时我已向死亡投降——思想逻辑和精神上的投降。

昨天晚上，我把胸肋间的这颗心推到了底，胸口空虚得可怕，这种空虚使空气倒灌后压迫肺叶造成呼吸困难。我觉得心已远去，这段时间不知道持续了多久，我躺着痛苦地向死亡投降。火箭雪球般地落下来，爆炸前的尖啸声，越过我和妈妈的头顶。好一阵，我们确信总有一枚将在天花板上爆炸，气浪穿过墙壁，把我们全家扔到外面的石板地上。报上有过这样一则新闻：全家人正在玩牌，一下子，弹片和肢体的碎片混在一起飞向天空，散落满地，有的手里还拿着牌，但他们的家毫无损伤，婴儿内衣还挂在室内的晾衣绳上。

我和母亲一起喊出声来，就像脐橙的大小橘子，就像过去我们一起站在门后发抖。现在，当爆炸的闪光把房间照成玻璃般透明时，我们就从这个角落跑到另一个角落，爬到地下室时几乎喘不上气来。枪炮声好像移近了，又觉得似乎来自自己的耳朵里。我还来不及喊出来，近处一声巨响，我的心似乎蹦了出来，落在面前。除了能喊，我已彻底空虚，就连喊也几乎控制不住了。我抬起头，看见母亲像孩子一样，两手紧紧抱着脑袋。我抬起头，看见地下室窗户外一处闪光，我看清了所在的位置，也知道我们还活着。我自忖：我们家是否已被监控？他们是不是想打死我们？但是，炮弹和火箭来自城区的其他方向。我们家、邻居家不是他们的目标，甚至全区、全贝鲁特的建筑，包括这些建筑物里活动的人，都不是他们轰击的目标。战争的嘈杂声又回到耳边。

我在这里无法了解任何东西，我大喊，神经质地爬起来，我要出去面对死亡。母亲死抱住我的腿，我就这么站着不停地喊啊喊啊。母亲把我的脚弄得很痛，我踢了她一脚，她毫不在意，爬过来抱得更紧了。她要我听话、躺下，在这背叛的墙里、背叛的光线下、背叛的空间里找个藏身之处。

过去我想过，战争在别的大街上打，离我们还远着呢，似乎永远不会发生在我们身边。我还想，大自然为什么不拒绝这场战争，用它响彻云霄的霹雳，用它的豪雨浇满大地，把所有装备统统冲走，让子弹失去作用。

当枪声再度响起时，我再也无法控制自己，我跑向地下室的大门，打开门逃了出来，坐在电梯和我们楼层前的厅里喘气。这里的光线暗淡，声音也小，爆炸声听来远多了。我坐下来，坐在我非常喜欢的第一个台阶上，台阶是什么模样我已经全忘了。

母亲追了上来，见我坐在那里，瞪大了眼睛。我想她一定不相信居然能看到我还活着。一开始她就认定我已经疯了，正在大街上喊呢。她靠着我身边坐下，我又怕又委屈，倒在她怀里大哭。她搂着我说:“明天我们回乡下去。别哭了，我的心肝宝贝！”

沉重的脚步声越走越近，父亲来了，他说：“托靠安拉，这儿是最好的躲灾避难的地方。”他从躲着的一层门边的地下室里出来看看我们怎么样了。母亲问他可不可以一起去乡下，他摇摇头，朝前看了一会儿又收回目光。微弱的灯光下，我发觉父亲的变化真大。他不再是那个胸口、肩头都像蟑螂似的长着一层黑茸茸卷毛的魁梧的胖子了，他现在的身体怎么那么瘦弱。我还注意到他的头，跟我们学校旁边卖黄扁豆的老头儿一样，总是不停地在摇晃，不知道别人是否也注意到这一点。母亲注意到他这么快已经变成一个老头了吗?他掉过脸来，微微摇着头说道：“艾哈迈德怎么办?我们怎能扔下这个废物?”我却在想如何说服艾哈迈德扔掉武器，和我们一起走。

可是当艾哈迈德进来的时候，我没敢张口。他瘦得不成样了，一见我们，眼泪夺眶而出，挨个儿和我们紧紧抱在一起，他不敢相信居然还能回家。只有父亲远远躲着，好像他带来了一身的细菌。艾哈迈德倒在身边的一张椅子里，木然地盯着那沾满泥巴的鞋子。他说："我现在受战斗队的支配。一个人单干和成为大集团的成员完全是两回事。参加了集体你就是战争的一分子，不是在谋杀。如果单干那就不是战斗，你的杀戮和子弹就是疯狂，就是犯罪。如果你是集体的一员，那你就是参战，你就不是杀人犯。你的枪就不是枪而是平时随身携带的物品。这一逻辑洪水一样自动地荡涤了你的身心，群众也在不知不觉中告诉了你，你是你他是他。我站在牧场围栏的门口或站在露天地，飞蝗似的子弹就像水，像玩具。男人的尸体上冒出的令人生厌的血是水，妇女孩子们的嘶叫哭喊也是水。这一切都归战斗集体负责，不是你我说了算的。"他说到这里，我歇斯底里般哭了起来，说："你为什么要跟我们说这些？为什么？"边说边扬起手扑了过去。

艾哈迈德终究是艾哈迈德，尽管他一身迷彩服，留了胡子，两眼迷蒙。他还是那个艾哈迈德，尽管他离家参加了战斗，但只要踏进家门，成为这房子里的一员，他依然是艾哈迈德。这个艾哈迈德曾把我摔在房间的水泥地上，磕掉了半颗门牙。还是他，在裤兜里放半个里拉，要我的一个女性朋友探手进去把钱取出来，这样她的手就能摸到他的大腿了。艾哈迈德，他那暴露的时装，跳着呼拉圈舞，我缠着要他教我知识……

如今进来的艾哈迈德，如果我换掉他的衣服，剃了他的胡子，去了他那眼神中的疲惫，他又还原成了过去的艾哈迈德。但是，他只是在这一刹那，在过去童年时代的家里才能还原成过去的艾哈迈德，今天，他还是要跨出这道门槛，回到战场去。

妈妈消失在厨房里，出来时盘里弄了点吃的。尽管外面还在打仗，母亲还是给了他最大的一份肉食。尽管他在杀人，在母亲眼里，他仍然是自己的孩子。我瞟了父亲一眼，从未见他这么虚弱。他一言不发，委顿地坐在那里，不停地摇头。他想说服艾哈迈德抛开一切和我们一起去乡下，出乎意料的是艾哈迈德点头同意了。我发现自己已经忘了现在是在另外一个艾哈迈德面前，也忘了害羞，兴高采烈地跑过去跟他击掌相庆。

在以后的年月里，艾哈迈德始终未能放弃战争，也没有和我们一起下乡。战争是条米虫,它已爬进一大袋白面的中心在那里安家落户了。就连我也没有在乡里待多长时间，一有机会便去了贝鲁特，我也被米虫盯上了，又回到战神的卵翼之下。

乡间，人们对贝鲁特和的黎波里发生的事非常震惊。他们谈论战争就像在谈跟他们毫无直接利益的城市。他们的生活井井有条，关心的就是糊口，忘了就在几公里外，战争还在进行。

但贝鲁特和的黎波里的生活就不那么千篇一律了。那里物资异常紧缺，已经减少到最低限度。没有人考虑吃些什么，什么时候打扫卫生或洗个澡，没有人关心哪种洗衣粉洗出的衣服更干净更白。这些该关心的生活琐事都在火箭、炸药的高温中熔化了。在农村，人们依然从黎明奋斗到月落。重新看到那低矮的茅屋，看了那里的人和童年时代的朋友,我全然提不起一点儿情绪。她们一个个都已长大成人，必然也风闻一些关于我的奇迹和妙闻。我还看到那烟草棚子，它立在那里，和我童年时一模一样。姑娘们在烟叶地里劳动时，把很多绿的烟叶披在身上，顽皮淘气。风吹在身上还那么热，棚子前的风景似曾相识，一切都宛如昨日。我感到我确实没有离开过农村，没有离开过那烟草棚子。不过，我稍有点儿伤感，为什么还要进来呢?走进草棚，看见外公的那把椅子竹篾已经散开，不禁泛起一丝愁意。帐篷旁边那个池塘还在，记得有一次我的护身精灵喊我的名字，怕被她发现，我躲起来后一直往相反的方向跑，跑进了一片荒地，那里乱草丛生，遍地的干树枝丫。远远的阳光下公路边散落着几座白色的坟墓，其中就有我外公的一个。

我最后一次见到外公是人们把他的遗体抬放在阿里马迪花园的木制条桌上。他身上一丝不挂，只在下身盖了一块毛巾。他归主了，几条稀疏的树枝给他遮挡太阳，等待净身的人的到来。我哭得昏天黑地，看他躺在这样的条桌上，而奔丧的男宾，坐得远远的，边闲谈边啜咖啡，谈笑风生，完全没有过一会儿就要肃穆地走在棺材后面的神情。

我正准备离开这个村子去贝鲁特。躲在农村，远离艾哈迈德也不是回事。同样地，我也不希望在祖国的另一端出现战争。来自边境的我外公的朋友和村民们今天早上正遭受着另一种形式的痛苦。很多戴着头箍、头巾披到肩头的人不安地站成一排，远远看去，像是一条白色的河流。他们面前放着一堆堆散发出南方气味的烟叶，他们正等待过境去以色列，出售他们的农产品。这就是今天早晨发生在平原尽头边境小村的一个镜头。这种情况好像不久也会在别处发生。这就是日常生活，谁也不会质疑他们干了些什么，尤其是在贝鲁特作战的年轻人更不会了。

啊！我姨妈赫蒂彻要是能看到或是知道，处于村子和犹太复国主义之间的前线地区——我们称之为被占领土，今天已经开放，那该有多好！1948 年战争以前，她的女儿法娣拉在巴勒斯坦结了婚。后来，巴勒斯坦丢了，法娣拉跟着也没了。我姨妈天天等着她回来，但随着每一天的结束，她的一片心意也随之流失。边境小村的生活虽然平静无华，但有关法娣拉的一个个故事却到处在流传。一次，她听人说法娣拉在卡夫尔·台布尼特出现了，又有人说在伊塔·法喀尔见过她。姨妈赫蒂彻于是赶紧过去，光着脚在砾石、荆棘丛中追逐法娣拉的蜃影。

当她发现这些都是谣传时，她把头往石头上碰，掴自己的脸，表示自责。无稽的谣传也窃取了姨妈的一片心意。村子里的新一代人，对于法娣拉真真假假的说法非常怀疑，他们甚至把一个假法娣拉介绍给我姨妈。她信以为真，抱着思念中的假法娣拉忘情地歌唱，久久地诉说着一桩桩别后的离情。姨妈的名字逐渐被人遗忘。执着地追逐海市蜃楼中的法娣拉和她以头撞石的那段故事，加上村民的宣传，以致她的真名逐渐被人遗忘，大家都叫她“纳梯拉”(盼女儿回家的人)。她开始把所有的钱物都塞进一个麻布袋里，系在腰间，穿村走店，沿门乞讨，每要到五分钱，就塞进口袋里。久而久之，大家又叫她“麦哈希雅”(填袋人)。啊！姨妈如果听说这里的男人每天都去边界线的那一边，可以走进占领区，那有多好！但我的姨妈已先我而去，长眠在那低矮的白色墓穴里了。

我一有机会就想回贝鲁特。我要回去，因为我无法忍受黎巴嫩和以色列边境铁丝网上的大洞。有限的理解力告诉我，铁丝网的背后愤怒已在沸腾。我无法想象，愤怒可能替代诽谤的情绪。我要回贝鲁特，我的理解力太有限，无法容忍这里发生的事情，无法容忍那些戴白头巾的白色河流。他们已经接受了这种关系，很容易地穿过铁丝网走向彼岸。我无法容忍艾哈迈德和他同志所说的关于他们战争的观点和对战前生活的看法。

有关战争的观点，不管来自长枪党、自由人党，还是另一方，都不能使我信服。艾哈迈德和他的同志们说，他们在和剥削制度做斗争，他们重视什叶派的要求，他们要消灭帝国主义，消灭法西斯制度和孤立主义。这是贾米勒的话。但他们没能消灭帝国主义，他们还在沙袋掩体的后面，前方是鳞次栉比的建筑、交通指示牌和商店。前方还有一处处敌方营垒，不时打来炮弹，穿透住宅，腾空而起的黑色烟雾，纷纷落地的断肢残体。所有这一切没有能触动法西斯主义的一根毫毛。

我从不曾想过，这一条条我闭了眼睛也能背出来的大街，突然间成了战场。平静中立的大街充满了不安和紧张。我不明白那些战士怎么能够用火力从两个方向封锁住了这些大街，包括城市的上空；他们的神经是否都像艾哈迈德和他的人一样麻痹了，带上了偏光镜。他们忘了在和平的岁月里，不管下雨天晴，都可以在这些大街小巷里自由行走。如今，不分昼夜，他们却在这里战斗、杀戮。

他们到我家来时都处于麻木状态。他们的身子看上去都像是柔软的幼苗，急需被植入潮湿肥沃的土壤里。我不敢问他们，他们的世界不是我的世界。在我的世界里人们是不扛枪的。然而让我吃惊的是，他们放声大笑，相互取闹，像一群中学生。我不懂他们的这种逻辑，那就是非得把风马牛不相及的战争和生活这两个事物硬扯在一起。我问过他们:战争是不是已经成了你们的习惯,是你们日常生活的一部分?你们夜里在这座空城里活动时，难道对燃烧、破坏、偷盗视而不见?你们难道不知道我们家对面大楼的地下室前，停着几辆载重汽车往下卸偷来的东西? 有一个沉默不语，另一个回答说 :“谁也无法控制参加革命的人。”我看到他们伸开四肢躺着说笑打闹，忽然又爬起来，隐蔽在什么地方。我这才相信他们控制不了自己的思想，这也就是他们为什么参加了战争。

村子里父母的消息中断后，我觉得我和艾哈迈德的信一定也到不了他们手里，我把无法实现和他们在一起的原因全都归之于战争的继续和路途的危险。从艾哈迈德朋友跟我的交往中，我开始注意我性格上的转变。他们都把我当作亲姐妹，交谈讨论也不回避，尽管我的神经质溢于言表，他们仍报以玩笑和微笑。

有一次，一阵喧哗把我惊醒，怪声里夹杂着孩子的哭声。我跑到窗前，看见下面有几十个妇女，背着大包小包和孩子，她们的喊声一浪高过一浪。她们的长裙高高卷到腰部，圆圆的肚皮托着下垂的乳房。这个场景透着不寻常。我想站起来，可又站不起来。我的护身幽灵趁我在睡觉，又开始折磨我。我听到了同样的声音，但睁不开眼睛。幽灵在房间的一个角落里监视我。陪她来的还有一个男人，脸看不清，但他的体重让我排除了我是在做梦。他很有分量的身躯紧贴着我的身体使我全身轻轻地哆嗦。他好像拿出一支孔雀尾羽，用毛上那蓝绿色的眼睛给我周身搔痒，慢慢转到下腹。我不再有什么知觉，全身扭动，在舒服的高潮中战抖。我看着房间角落里监视我的幽灵，每当我想完成一次战抖、享受一次高潮的滋味时，幽灵的存在使我很不自在。那男人的重量压在我胸部，孔雀毛在我肚皮下方蠕动。外面，声音又起来了。我觉得这声音是我的幽灵搞的，目的是让我起床。声音不但不停，反倒越来越大，越来越多种多样，有时还掺杂着孩子的哭叫。

我想睁开眼睛，但睁不开，沉重的眼皮紧紧黏合在一起，我的野性被粘得牢牢的。我想抬身，那男人的身体又贴在我的胸口，除了下腹，周身都紧合在一起。那羽毛还在拨弄我的下身，我喘着粗气，激动地跟着羽毛的脚步奔跑，它也不离开我。立刻我感到需要摆动，越来越快的摆动，直至销魂。护身幽灵还躲在门后，外面传来汽车喇叭声和其他杂声。突然，我发觉自己盯着对面的墙壁，屋里静悄悄的，阳光从窗子的一角射了进来，幽灵不见了，那男人也没有了。夹有一根孔雀尾毛的扇子仍然挂在墙上。我听到了窗外的嘈杂声，跑到窗口，看到一群妇女混杂本区的青年民兵，正在街对面防空洞门口神情剧烈地议论着什么。这个防空洞是谋杀和盗窃的好去处。我穿好衣服，锁上大门，带着那男人沉重躯体的余感走下楼梯。阳光照花了我的眼睛，几个月，一年来的第一次吧？多年来我有了一种冲动，想冲进人群里，无忧无虑、不受任何约束。

我捂住耳朵，不想听到那些哭喊叫嚷。后来我得知，这些大喊大叫的女人来自卡琳庭拉区，她们的男人刚刚在那里和长枪党人打了一仗，现在命运无人知晓，后来妇女儿童被塞进几辆邮政车，从东边来到了西区。分配给我们这条街的有一车人，今天清早刚卸下。本区青年运动的负责人试图和她们沟通，但毫无用处。孩子们大哭大叫，但问不出什么情况。负责人再次让她们安静下来，同时，一大半本区居民在难民旁边围观，乱糟糟的情况使站在汽车上的这位负责人更为生气。他伸手从裤兜里拔出手枪，对天开了一枪，全场立时安静下来。这位负责人的一条原则是：有话就说，说完走人。他话说得很快："我要告诉你们，所有邮政车都去海滩木屋，父母带好自己的孩子，拿好东西，静静等着，不准出声。懂了吗？谁嚷嚷谁留下！"说完，他跳下了车。

事情着实使我震惊，我不敢设想这些人从此变得无家可归，告别了过去，留下的只有刻骨铭心的回忆。我没有想到，家人在农村，我一人在这里还有能力接待一个家庭。我也没有想过给这些人提供任何帮助。也许因为他们面部表情过于严峻，让我觉得他们似乎不太急需什么东西，所以她们的哭声也就没有打动我。

几天后我才开始考虑能做点儿什么，觉得别人的痛苦就是自己的痛苦。我扪心自问，我怎么会袖手旁观成了一个旅游者，好像眼前发生的一切都是他人的事，都是和我无关的陌生人的事。如果艾哈迈德和他朋友打光了子弹打完了火箭和弹药，也出现如此现象呢？到了他们的休息时间，有四个小时下岗的时间，当他们看到人们仍然蜷缩在家里和掩体里，他们会把自己看作和战争无关吗？

这种矛盾现象一直折磨着我，比如说，我应该怎么描绘我和那狙击手的关系。他就在我们这条街一座建筑物的顶上，控制着十字路口。当我走上台阶向他走去的时候，我开始走向生活。我拿着一个黄塑料袋，跟一个爱刨根问底的邻居说去买点儿青菜。我顺着街走，心早已蹦出体外，落在脚面上。我走着，像被磁石催眠了一样，只考虑一件事：枪声一响，我倒在地上，像另一条街上被狙击手击毙的尸体一样，可是在第二条街垒旁有人要我不要越过十字路口。我摇摇头，磁石催眠起了作用。我不再觉得自身的存在，不再觉得周围发生的事是真实的。我浑身冒汗，甚至眉毛也浸透了汗液，汗水汇集到脚上，汇集到心上。

到了十字路口，不远处有一座建筑物，似乎既安全又安静，全楼的金属门窗关得紧紧的，入口处有一棵小椰枣树。这时我的心早离开了我的脚，我像个死人，没有心，没有呼吸。我感觉不到脉搏的跳动，身上已经没有一滴汗，也没有感觉，更没有思想。在这决定性的时刻，我自忖：过不了一会儿我将失去自己。我是在听到枪声之后倒下，还是没有听到枪声就倒下?

我屏住呼吸站着，抬头往楼顶上看，什么也没有。再向后看，地上插着一块洋铁皮，上面写着几个大字：小心狙击手。我再往上看，空空荡荡的，天外跟空荡荡的大街一样，没有人烟，没有生活。

我上面说过，从大楼的这层到那层，我开始走向生活。昏暗的光线，掩盖了积满尘土的房门。我拖着双脚踏在楼梯上，只发出轻微的声音。越接近顶层,我越抬头往上看,但仍然什么也没有看到。我在想：他用军用望远镜早看到了我，为什么现在还躲着呢? 也许他正专心监视敌方前线；也许他能从我穿的深蓝色裙子上认出我来，因为一个星期来，我还没有换洗过；也许他能从黄色的塑料袋上认出我，这袋子我常拿着；有没有可能他们认得我的脸，这张恐惧和迷惘的脸经常出现在他们的望远镜里；也许他正在屋顶的角落里小便? 我的行动是正常的吗? 如果我把安全门锁上，这样做正常吗? 会不会立即成为他们的射杀目标? 小时候萦绕心头的恐惧哪里去了? 小时候我常常怕得缩成一团，屏住呼吸，差点儿憋死过去。我害怕晚上去厨房，因为厨房窗外有两个精灵趴在砖头上挂在空中监视我。我的母亲——我耳朵里心里仍然装满了她的怒吼声——和我一样也怕得要命。当时,我虽然年纪小,但能嗅出她的恐惧心理。我像是一块被海浪抛弃的干海绵，久久没有回到大海。和我们在一起之后又离开的那个男人,当我们和他在一起时,我也嗅出了他的恐惧，也像海绵一样全部吸收了。

我继续拾级而上，那么多的台阶好像永无尽头。突然，我听到脚步声，恐惧把我钉在原地，心也停止了跳动。来自寂静的海洋、更多是来自死亡各个角落的脚步声控制了这座建筑，控制了大街，控制了豪华的、空落的、门窗紧闭的住宅。灵魂在它身上搏动的脚步声，只认识死亡，只知道沉默。我过去曾单独与恐惧为伍，如今，是疯狂的恐惧还是恐惧的疯狂，对它已不很熟悉了。如果有个疯子，他浑身战抖，听到了这种脚步声也像遭到雷击，那就和我一样在等待大爆炸，等待地震，但不想再等待把我钉死在原地的轻轻的脚步声。

左右扫视一下后，我抬头看。尽管光线昏暗，他脸部的轮廓还是能看清。就是他！我听到了他的声音："有人看见你来这里吗？"

我没有答腔，像被钉住一样站在原地。随着他声音的出现，我的恐惧心理也烟消云散。无论如何他是个人，有思想会问问题。他是黎巴嫩人，知道葡萄串什么时候成熟，出租车站在哪里，说得出贝鲁特的情人跳——鸽子岩的方向。

我在原地没动，他下来几级台阶，现在他的脸我已看得清清楚楚。我在黄色塑料袋里翻了一下，把它紧按在裙子和大腿上。狙击手的声音向我走近，身体向我靠拢，一股浓浓的汗腥味。他伸出手，按在我的胸部，我把他的手推开，努力在昏暗中看清他的面孔，他好像在解裤扣，另一只手抓住我肩膀，把我身子扳了过来，脸对着他。他猛扑过来，突然一下我被推倒在台阶上，裙子被撩到腰部，整个人重重压在我身上，甚至不脱他的裤子。硬邦邦的台阶弄痛了我的背和两肋。我辗转反侧，他一点儿不在意，我只感觉短暂的一下战抖，他已满足了快感的宣泄，站了起来，用袖口擦擦他裤子前面的开口处，扣上扣子。我调整了一下心情，也爬了起来，背部胸部仍隐隐作痛。我揉了揉手脚，骨头也有点儿痛。

我站了一会儿准备往下走，只听他说："明天还是这个时候，我去你家！"我摇摇头表示不行。往下走了几步，听到他追了上来，说："在你家最好。”

“我哥哥艾哈迈德常来我姨妈家。”我回答说。

他喘了一口粗气，“我的意思是到你们家对面的艾布·贾米勒饭馆。”

我只顾往下走，没有搭腔。他的脚步声消失在我的头顶上。我摸摸黄色塑料袋，拉紧我的裙子，这时才觉得大腿根湿漉漉的，衬裤边上也有。但愿这潮渍不要再往外渗，我怕别人看到我的丑事。

在离开大楼大门前，我停了一会儿，振作一下精神，走进白天的阳光下，走进静止和死亡的海洋里。大街安静得和往常一样，听得见一根针掉在地上的叮咛声。十字路口，走过那块“小心狙击手”的洋铁皮牌子后，大街有了生活的气息。我加快步伐，瘪瘪的黄色的空塑料袋依然紧贴在我的裙子和大腿上，狙击手的体液仍在慢慢往大腿下部爬，有的还粘上内裤。

到了家门口的过道里，我如释重负，深深吸了一口气。好在我没有给他打开任何入室的通道。我跑上楼梯打开房门，高兴得好像听到了战争结束的好消息。家是一所空房子，我心头特别舒坦，甚至冒出一丝喜悦。我走进卫生间，站在仅有的一个水盆前，脱下内裤，拿起一条毛巾，沾湿一头，擦拭下腹和腿根。我想起了父亲母亲，他们不在事情好办多了……

我想起了邻居，她对我父亲的情况老是问长问短，可我从来没有为他俩担心过，我们失去联系已经一个半月了。双方的理由都很充分，国内外黎巴嫩人的理由也都充分。战争切断了联系的桥梁，甚至书信往来。

我可以这么说，目前我的生活里只有一件事，也许是两件事：一是找水；二是心脏暂时停止跳动。这种现象发生在我离开家里的台阶走向死亡、走向平静、脑子里一片空白之时。除非一声枪响我摔倒在地，那就另当别论了。可是只要一到大楼跟前，我的心又重新搏动，还跳得非常非常之快。

我踏上这座静悄悄的大楼的梯级，空荡荡的各个单元的大门好像都伸着一只耳朵，倾听我的脚步声，弄得我几乎不敢接触那落满尘埃的台阶。到今天为止，我爬这些梯级时，还没有遇到一个人。可我早注意到有多双眼睛在暗处对我进行谴责，对他们，我才懒得去理会。时间像子弹，我要借助它扫除跌倒在地的心理。

萨米准时等着，看来他是专心致志地等着这一时刻，只要抬头，一定可以看见他笑眯眯地俯视着。还没来得及走完最后一个台阶，我就被他拉过去放倒在地，他也顺势扑在我身上。和往常一样，我只感觉他的穿透和内壁用力的顶刺。除此之外，我没有一点儿快感。我掉过脸接受他的身体，但只要他还躺在我身上，我就不敢开口和他说话，也不要求他起来。就这样，来往一星期后，我才在他把我拉倒在地时有了瞬间的快感，那种放心的感觉，日甚一日地使我满足，令我陶醉。我们的谈话没有超出他问的问题，诸如是否需要钱，来这里时是否十分小心，等等。

有一次，他掏出一百里拉放进我的口袋，就在这时，我战抖着下巴，忍不住要放声大哭。我摸到钞票要还给他。他抓住我的手说："拿着吧，求你了。千万别哭，会让人听见的。我知道你是名门闺女，不图我什么，但现在在打仗。"

我站起身，和往常一样要回去了。就这样，我像蛛丝一般暗中和他相连。我只在内心想过心脏停止跳动的时刻，但还是迈着脚步，踏着楼梯的台阶往上走，大腿根还是湿漉漉的。我会扬着头走出大楼，走进阳光下，走进死亡和战争，然后猫着腰尽量以大楼为掩护，小心翼翼地在街上穿行。尽管萨米是这块地方的唯一战神，唯一的危险根源，但当我看到街垒，还是会害怕，不会突然又冒出一个新的战神吧。我深深吸了一口气，心想，也许这个人会在我的生活史上又写上新的一页，也许我的命、我的家、我的生活就在这道街垒后面。可我的心好像仍处于临终前的停跳阶段。路障边的青年岗哨不停地问，有时还吼："姑娘，你从那边来这里干什么？你不知道那边有个狙击手吗？"我一个字没答，低着头匆匆走到家门口，拿出钥匙，插进去一转，重重地把自己扔在床上。

战争在白天是漫长的，战争中我的一天是短暂的。整个早晨我都在想，想下午的事，想那楼顶和萨米。整夜我都在想，想在他怀里的温暖，想他的身躯一贴上我的身体，满意和快慰的浪潮立即袭上身来，以前从没感受过的战抖的浪潮注满全身。完事后，我放下卷起的裙子，我看到他伸手给我拿纸巾，我拿着纸巾，尽管他已掉过脸去，还是没好意思当着他面擦大腿。有一次他转过脸来，几个指头在衬衣口袋里找东西，好一会儿拿出来时指缝里夹着一枚戒指，戒指在半明不暗的光线下闪闪发光。他端详着戒指问我漂不漂亮。看见我点头同意，他拉过我一只手，看见还抓着纸巾，便放开，又拉过另一只，把戒指放在手心里。我一手握着戒指，一手拿着纸巾，更令我吃惊的是他在叫我的名字。我把身体给了他，把生与死给了他，但从来没有把名字给过他。不过我没有问他怎么知道我名字的。

这时我脑海里出现了父亲的身影，但这次的身影十分消瘦，胸毛没有了，希特勒小胡子也不见了，裤兜里的表也不见了。我不再看到那壮实的身躯骑在母亲身上打她，嗓门也不再如雷贯耳……萨米搂着我，我立刻瘫软成一团。他再次把我放平在楼顶大门边唯一的一小块空地上，一只手掀开我的裙子，另一只手的指头摸向我两腿间。

那地方黏糊糊一片，我特别难为情，但又不想让他的手指挪开，我生平第一次伸出臂膀，使劲搂住他的背，让他贴得更紧一点儿，这个时候恨不得全世界的重量都压在我身上。他的手还停留在那个地方，我闭上眼睛，抱得更紧，好增加他在我身上的分量。感觉到手指要离开了，我浑身战抖。

这一声犹如火山爆发时火热的熔岩和滚烫的土块冲天而起。令人窒息的火山灰，雨点般地倾泻而下，冲干净了我以往的岁月，冲垮了邵基大夫诊所的大门和我大腿上针孔的疤痕。就是那扇门，我们曾躲在后面被挤得不敢作声，那张胖脸在黑暗中探了探头，似乎看见又像没有看见。核桃树下，母亲和那个男人躺在她的房间里，外面虽然阳光明媚，洁净的棕色大石块上散发着热气，我还是觉得冷。

房间的门后面，就是过去站着打哆嗦的地方，屋里有了张床。放床的地方较黑，母亲看不见我，我也没敢喊她。那男人用钥匙把门锁了，关上了朝着花园的绿色木窗。母亲悄悄对我说：邵基大夫要给她体检。那个男人难道是邵基大夫？要不是她认为的邵基大夫？大人的模样难道随时可以变的吗？尽管房间里昏暗，我还是能看到母亲脱了袜子，和那个男人在说话，我看到他轻轻打开窗户，就在这时，母亲抓住我的手说："你在窗户外面玩一会儿，听话，就在那背阴处玩，不要让别人看到你，就一会儿。"

还没有来得及拒绝，正想说"我害怕"，那个男人已经把我举起来，放在窗外能看到花园的阳台上，我来不及看母亲一眼，他很快就把窗户关上了，现在只有我一个人站在那里发抖。我当时非常害怕，怕有人来问我站在这里干什么。也不知道站了多长时间，花园的尽头处，一个穿着短衣服的女人，正往绳子上晾洗完的衣服。她从嘴里取出一个小夹子夹好衣服，然后深深地弯下腰，拾几个夹子含在嘴里。我把身体紧紧地贴在窗户的墙上，她好像看见我了，又把头掉到另一边，走到绳子的那一头拉了拉床单。她站下又看了我一眼就走得没影了。我屏住气还在怕那个刚走的女人，窗户忽然打开了，那个男人托着我腋下把我抱了进去。我最后看了一眼那个晾衣服的女人和屋里另一个女人，她正朝我指指点点。

这个男人怎么样了？他现在在什么地方？他知道吗，在以后的日子里，不，以后的岁月里，有一天半夜我看到他全身赤裸。那次我的脸被蚊子咬了，我突然爬起来，发现他只披着睡衣，没穿长裤，房间的光线较暗，时值黄昏时分，太阳的余晖映红了山区房屋的玻璃窗。我们在海边也见过他。害怕的心理使我忘了蚊子咬的疼痛，掉过脸去，几乎快贴到墙上。我装睡，听到他俩的窃窃私语，之后，传来床垫上的轻微的声音。我当时不懂也没有悟出我背后发生了什么，只把脸紧靠在沙发上、墙上。我像一个站在山顶上的人，看着山下的低地，害怕如果稍有动弹就会失足滚到山下。因此，必须挺住，再挺住，不能有丝毫动弹……母亲的脚步声过来了，喊我的名字，摸摸我的辫子，笑盈盈地说："醒醒！"我连一眼也懒得看她，爬起来往洁白的沙滩上走去。岸上飘来海上的腥风。她追上来，拉过我的手。我真想咬她一口，但最后还是紧紧抱住她，永远地抱住她的清白。

在非洲的卫生间里，隔壁房间的电话铃声时断时续，是我的知心朋友打来的，他，完全算得上是我在丛林和黑城市之间唯一的安全港。难道是通过睡衣和我有相关的舅舅的战抖，使我思想动摇、神经紧张和心跳不规律？使我觉得生命即将在温暖、安全的非洲，在这个卫生间里结束。马吉德的身体是不是一个真正蠕动着的、在我肉体上爬行的蜗牛？是不是他让这条肉虫爬过以后在我身上留下一片蝎毒？让他用巨大的毒针扎进我的毛孔，使我变成他的枕头？马吉德和我同床共枕是不是会引起我的呕吐？没日没夜躺着，我的身体就像从田里薅下来的青青草被扔在一边，听其干枯、破碎？车库里传来汽车声，我仰面躺着，马吉德压在我身上，也可能有一会儿没有在我身上，所有这一切都是想象，实际上他还能向我父亲透露他如何和我约会、和我睡觉的秘密吗？

我的喊叫包含着多日蜗居的苦楚。在一个角落，常常在一个角落或卫生间里，我紧缩着身子，只想回到胎儿状态，在母亲的子宫里得到安逸。这种身子抽缩的情况十分累人，我感觉我身体的哪个部分都不属于我了。我的两臂已如干柴，干枯、僵硬；两膝是铁球；两条腿就像两把锯，锯过来又锯过去。就这样几个小时、几天，直到我看见自己在那里不断地发抖。我看见医生的白色围裙离开了房间，我默默地等待着，他也一言不发，经过多次电击和变故，他在那里打瞌睡、伸懒腰。

昔日的喊叫包含着我的疯狂。以往，当我感到需要更多的东西，如食品、言语和大笑时我就喊。但我父亲、我邻居甚至家里的四壁都会大大地降低我无谓的要求。母亲如在旁边，会打我一巴掌或使个眼色，让我别那么傻笑。这种笑态他们称之为浪笑。艾哈迈德警惕地注视着我，看电影时，一听到我的笑声，他的态度使我十分难堪，他会悄悄跟我说："你的笑法很不像样。"

我在废弃的、沾有悲伤和恐怖气息、被死神占领了的肮脏的平台上喊，会给我招来什么结果？三十年来，我第一次浑身战抖，这是性快感的享受。他好像还在看着我。萨米真是一个狙击手吗？他就在那里站着（我从战争街上走近他以来他第一次脱了裤子）。他为什么要当一个狙击手？谁启发他的？他又从谁那里接受指示，向那些无名无姓的路人打黑枪？我是狙击手的同谋吗？因为我已经是他身体的同谋了。记得第一次看到他时，我飞跑着离开了他，到了家还怕得发抖，上楼梯时，一步跨三级。还跟邻居说：应该和广播电台的谢里夫或者和《白日报》联系，让他们知道狙击手就蹲伏在我们楼顶上，我姨妈索菲亚就住在他的楼层里。更使我大吃一惊的是，邻居居然对我直言不讳地说："管好你自己，不许对别人说起这件事。你说漏了嘴他们会过来杀了我们。不管怎么说，这个狙击手更像是为东区干的。"我冲她喊道："不，他什么人都杀，不管他们是哪边的。"

姨妈索菲亚原来生活在贝鲁特，在一家糖果厂工作。这一天她搬去了农村。那个狙击手就开始和我一起生活了。大楼顶上，我见他猫着腰，像戴胜鸟一样，从这个角落转到另一个角落。他的指挥所设在离水箱不远的地方，旁边放一个陶壶，盖着一张洋铁皮。尽管他把头发都藏在帽子底下，尽管我只能看到他的脸，但他的形象仍清晰地呈现在我眼前。我的思想、精神和紧张全都集中在看到这个狙击手的刹那间，所能想象的那种恐怖几乎吸尽了我周身的每一个细胞。那仅仅是恐怖还是纯属偶然，确信了过去一直以为是虚构的狙击手的神话？那天，我正把洗好的衣服往姨妈家平台上的绳上晾晒，绳子和葡萄藤纵横交错绞在一起，忽然看到邻居楼顶的平台上有一个男人，手里拿着枪，头发别在帽子里。我想起来了，这种帽子是冬天锅炉工人戴的。那个人，蹲着从这个角落到另一个角落。对他，我的第一感觉是个民兵，后来一想不对，一定是个狙击手。我呆呆地站在那里，一串葡萄串就挂在嘴边，我连一粒也不敢咬，不敢咽，怕惊动狙击手，引起他的注意向我开枪，把我变为一具尸体。

我轻轻蹲下，跟他一样匍匐前进，一直爬到厨房门口，迅速拿起手袋。只听到姨妈的声音，她仍躺在床席上："宰赫拉，愿安拉赐你力量，我要多待几天，好把小孩儿的衣服准备好。"

我神经质地说："不，姨妈，你明天必须走，不能再住这里了。你的腿骨好多了，还需要多休息。乡下可以休息得更好，起码那里比较安全。"她还在找托词，我接着说，"外面子弹满天飞，洗的衣服没能晾出去，都堆在椅子上呢！"

我离开了她，随手关上了门，脑子里一直想着狙击手和姨妈。庆幸的是我知道她不能走路，更不能到楼顶上去。她要对我父亲进行报复，起因是她摔断右胯骨后，母亲拒绝让她过去，她只好单独留在顶楼的居室里，以求得人们和她的兄弟和弟妹的同情。

狙击手的事一直在脑际徘徊，我如饥似渴地翻阅报纸，跟踪各个点上狙击手的消息。当读到我们这个点倒在狙击手枪口下的人数时，我脑子里立刻浮现出他的身影：猫着腰，望远镜垂在膝盖前，从楼顶的一角转移到另外一角，像戴胜鸟在不停地寻找麦粒。我拉回思绪，不再想他那模样，但仍渴望知道以后我该怎么办。向他扔一枚炸弹？学习使用左轮枪，然后对准他心脏开枪？但是我对他的疯劲已经割不断了，我也疯了似的收集被他射杀的人数。我对自己说，我就是根源。我无时无刻不在想如何跟电台的谢里夫或《白日报》联系上，但怎么联系呢？我们家连一部电话也没有，只得坐着看艾布·贾米勒饭馆的顾客消磨时间。我看见他了！我眼花了吗？是那狙击手的面孔吗？今天他的头发逸出帽子，几乎遮住了整个脸。我倒吸了一口凉气，还能记不住他的模样？！他在楼顶上像戴胜鸟，以前就多次见他来过这家饭馆。他和常人一样坐了下来，一直在甩头发。我像疯狗一样跳起来在房间里乱转，满身流汗，用听得见的声音自问：我该怎么办？如果艾哈迈德现在进来我该怎么办……我有一支手枪那多好……但谁会相信我的故事呢？谁会相信这个把平滑的头发甩在后面的和在座的普通人一样、津津有味地品尝着一盘蚕豆的男人会是一个狙击手？

我喜欢坐在窗子后面，只要一看到那个狙击手，头脑里就乱作一团，出现这样那样的怪念头。我自问，有什么东西或什么事能转移狙击手对瞄准镜和击发扳机的注意力，并激发他张嘴和惊诧？或许一个不怕子弹、战争，能随着鼓点翩翩起舞的黑人舞蹈团做得到？要不，看到一个耍猴的吉卜赛人或者一个光屁股的女子掠过他火力网前，或许他才会犹豫片刻，怀疑这个世界是不是疯了，怀疑自己是不是滥杀无辜也疯了？

第二天，当我又看到他去艾布·贾米勒饭馆时，赶快拿上姨妈房间的钥匙，直奔姨妈住的那座楼，我已经几个月没有来了。我走完生命街的一半，到了死亡街和毁灭街。狙击手所在的楼和我姨妈住的楼有一面相连，另一面可以鸟瞰东区。“狙击的方向是东面而不是我们这一面。”我边走边想，直到走进姨妈那座楼。爬到顶层她的房门口，打开房门，扑面而来的是一股久无人住的气味，也许搬空的家和独居就是这种味道。我轻轻地打开平台的门，他不在，确定了去饭馆的人就是他以后，我赶紧又回姨妈的房间，满意地往床上一躺。满意了吗？我好像发现了真相。尽管心有余悸，我还是摊开四肢，舒坦地躺着。约莫过了一个小时，他从饭馆回来了。我爬起来，慢慢打开平台的门。我像一只蚂蚁，手脚着地趴在那里，怕开门会弄出声音。过了几分钟，我们俩都没有出声。我抬头一看，只见他靠着水箱的墙壁坐在地上，两腿伸开，陶壶就在他身边不远处，地上还有一个罐头。望远镜夹在膝间，两只手懒散地压在两腿间的枪上。他睡了。我回到房间自忖道，他为什么会选择这个地方？我姨妈的房间就在他平台旁边，他会不会认为这个小房间就是水箱或是储藏室？

我脱光衣服，头上、胸部各缠了一条毛巾，手里又拿了一条。在把自己的身体交给死神前，我又一次回进屋里。我的这种计划可行吗？我现在需要鼓足勇气激励自己，计划得更周详些。我像往常一样跑出去，跑向死亡，跑到明处。我掉转身体背朝他，嘴里哼着流行歌曲，把毛巾往晾衣绳上搭。过了一会儿，我想下一步该做点什么。我环顾四周，除了葡萄藤什么也没有，架上的葡萄已经干枯，用手去摘已经不可能了。我用力晃了几下，葡萄串左右摇晃，叶子发出哗响声。我相信他正推上子弹，不用望远镜都可以看到。这颗子弹随时都可能射出，打穿我光着的脊梁。

突然间，我学着母亲说话的腔调：“唉，闺女，怎么不用剪刀！”我装着要进去拿刀或剪子。这时我看他站了起来，手里没有望远镜和枪，也不见水壶和洋铁皮盖，一个人站着靠在水箱壁上。我心怦怦直跳，开始往回退缩，手抽下绳子上的毛巾，遮着我半裸的身子，手指在脸上乱摸，不知怎么办好。当我正要走进房间，对面传来他那和气的声音使我大吃一惊，“那边的小姐在那儿干什么呢？”

我战抖的声音回答他说：“这是我姨妈的房间，我是来洗澡的，我们家停水了。”我的回答略带歉意，还表现出怕他的样子。我快步躲进屋里，心跳得像已经掉到脚面上，进卫生间穿完衣服后还在发抖。我骂自己怎么这么疯。我发觉他把什么东西都藏起来了，现在的模样像是邻居家腼腆的儿子。突然，我听到重物掉在平台上的声音，它使我不知怎么穿完衣服，穿鞋的时候还绊了一下。接着，楼板上又传来第二下响声。我担心第三次会听到子弹声，便匆忙走了出去，一看平台地上有两块鹅卵石，再看看狙击手或者说那个像邻居腼腆儿子的人，只见他仍然靠在水箱壁上。他轻声问我：“你家在哪里？”我答道：“在艾布·贾米勒饭馆对过儿。”他又说：“你来这里非常危险。”我点点头表示同意，声音好似山泉水坠入深潭，又像要努力逃离牢笼。

相对无言，沉默了好一阵，我的目光早已离开了自己，离开了他。分手时，我看着他说了一声“再见”，他回答我“祝你平安”。

我快步走下楼梯，痛恨自己六神无主，胆小怕死。我发现自己正走在两行平行的建筑群中。我无时无刻不在想，他会用子弹把他的秘密和我一起埋葬。但我又否定了这个想法，否定了他有可能怀疑我。我在为自己的死亡辩护。从最坏处着想，他顶多是个战争窃贼。我还念念不忘那子弹，它将把我打倒在柏油马路上，那里已经弹痕累累，大坑小坑，形状各异，颜色不同。我又冒出一个骇人的想法：他也许不相信我的故事，要不为什么问我住在哪里，也有可能是要弄清楚我的方位。

不远处就是我的家，远远看去显得有些荒芜，我突然觉得不想进去。今后，我不会再去想那个狙击手了。他见了我半裸的身子，听到我哼哼的流行歌曲，还知道顶层的房间里就我一人，他可以以某种方式把我赶走。啊！如果在他眼前出现黑人歌舞团，敲着鼓点，表演人猿泰山，这对一个狙击手来说，和美景、望远镜、子弹是同等重要的。

我该怎么办？我已经错过了一个奇迹，除先知外没人敢预言的奇迹。不管怎么说，我和一个使社区、群众闻风丧胆的狙击手擦肩而过。当然他没拿枪，他像和平时期一个男人看女人一样看着我。我们交谈了，尽管后来他又赶我走。那时我真应该让他扔掉武器，应该……看来，眼下我只配坐在窗下，看着艾布·贾米勒饭馆的食客。

我躺在地上，我的呼喊发自体内。在他们有机会喊得更响前，我的声音足以让外边都能听见。狙击手来了，看见我躺在他的面前，他站着，紧紧裤带，用胜利者的口吻说："我给你舒服了吗？你来了吗？"

我没有回答他的话，瞪大眼睛看着他。自从我们认识以来，我第一次问自己，躺在这个尘埃满地的脏地方干什么？我来以前，他瞄准牺牲者的脑袋，我离开以后，他还是把牺牲者的脑袋当靶子。那我来躺在这里干什么？我为什么每天偷偷溜过死亡和战争的街道来到这里？我知道我救不了任何人，除了我们做爱那短暂的片刻，那也不能叫救人。因为他要午睡，我的赴约替代了他的午睡而已。

我从没想过要打开这个话题和他谈谈，甚至不再热衷于打开报纸，边看边统计他射杀的尸体。当我的幽灵在一个火热的中午叫我的时候，难道我已经变成人形的猫头鹰了？还是魔鬼本身变成了我这个人？我怎么又会在这场战争中如此悠闲安适？

我的日子如今有头有尾，有始有终，因此我活得十分心安理得。火箭依然在头顶上呼啸，但愿它催我入睡。战争变成了一个永恒的、安全的围栏，四壁装饰着箭镞、心肝和血肉。为什么以前我每天躺在床上一点儿没觉得是个乐趣？我为什么没有抱着一个普通男人的后背，而是抱着狙击手的后背？为什么他能使我在保守秘密不让父亲知道这件事上高兴得笑逐颜开？因此秘密，为了摆脱我那个处女贞操的故事，我自问，也是第一次，真去了非洲。

我躺着，笑对医生战战兢兢的手上的秘密，那双手不止一次地杀死了我肚里的胎儿。护士对我说："走吧，姑娘。被人认出来之前快走吧！"她化妆没有拿镜子。我仍面无血色，战争的喧嚣倒把我脸上的痘痘抹掉了。尽管如此，我仍然没有一点儿诱人之处。

也许战争使狙击手脱离生活，脱离女人，才使得我成了他的休息站、他良心的寄托所、他子弹的倾泻处。幸好子弹还没有在我身上炸开。我喊过，没有让他听见：压在我身上的狙击手啊！你像没有分量的高山，在我身上挖出深深的沟壑。你能再挖得深一点儿、更深一点儿吗？深到在我身体上另开一个口，释放出这些古老可怕的瞬间，释放出一块块绣满彩色、形状各异的图板。板上的羽毛植入我体内不再被移动，因此很难说它是对过去岁月的回忆。每当你气喘吁吁而我在等待的时候，它切切实实是现实的存在。我等什么？不是等待投降。我的身子在拒绝，但又期待着连续的更快的动作。狙击手啊！是的，正如你要求的那样，我同意让你使用镰刀、铲子进入我的身体，不过我要求你必须从我体内取出那些我无法称之为"回忆或过去的岁月"的东西。它像一棵枯死的大树，枝条死了，叶子枯了，根也烂了，但仍然深深扎在我身上。蜜蜂、昆虫以那里为家，它的木质渐渐被蛀蚀。但根在土壤里依然不让其他树根接近。

进来吧！一直深入到我喊出声来，我的喊声可以消除曾使我失去思想的恐惧，我要把这种恐怖统统扔回父亲的肩上。那曾是一双巨人的肩，这个巨人既不是人，也不是精灵，只是一尊披头散发、满身化脓的巨人。它好像一块石板，下面长出各种蟑螂，它的眼睛里只有怀疑和憎恨。电车交通事故留下的疤痕还留在他那有力的腕关节上，留在他的眼神里，留在他那突出的鼻毛上，他那鼻毛就像农村儿童脚下的刺丛。

他在屋里走动。我想掩盖母亲和那个男人幽会的所有痕迹。我曾担心父亲的目光落在家中的任何东西上，更怕落在我和母亲身上。家中的每样东西好像都和他俩的幽会有关。我恐惧心理的影响挥之不去，因为那个疯子曾给过我一个场景：当他发现任何迹象，就握紧皮带，朝她背上、胸部和脸上乱抽，那条皮带在我的眼前就是一条毒蛇，不顾我母亲的哭喊，从不蜷缩蛇身，不断地噬咬着她的肉体。我只能战战兢兢、忽远忽近地站在一边。当他目光转移到我身上不许我作声时，我反而连哭带喊起来。母亲和那个男人的谈话，用的是鸟语，在很多字的后尾加了音，我父亲对她的毒打似乎没有使她明澈的蓝眼睛浑浊，反倒打破了支撑点的平衡。父亲让我一个人在外面发抖。我只想回家，别的什么也不要。如果父亲坐在门口等着我们，那一定是想不失时机地遇到这个男人。假如那个男人和母亲说话，邻居们在窗子后面都会把耳朵竖得高高的，眼睛张得大大的。

母亲和那个人相会时，说说笑笑两眼脉脉传情，用的是鸟语。我再也没希望和母亲恢复到脐橙上大小橙子的关系。我不想看到父亲剥出没有小橘子的脐橙。当母亲表现出怕他的时候，父亲就有所收敛，我没有再看到他拿着《古兰经》逼着母亲抚经发誓。母亲也不再拉我陪她出去了，她很少出门，因此开始发胖。后来她去朝觐，回来后胖得一发不可收拾。她的穿着，从式样到颜色全都换了。左邻右舍帮她把这个家的过道布置了一下，大家都说她需要这样做。他们在一进门处挂上长长的椰枣叶，还竖了一块匾，上书“朝觐归来，感谢安拉”。不过，父亲的态度依然故我，尽管母亲不再生他的气，他们还是分居了。父亲的目光转向了我的生活。我一直很怕他，甚至这么想：他脑袋上好像不止长了两只眼睛，我到哪里他的眼睛就跟到哪里。我躺在车库里，我在咖啡馆里听爱情故事……他都能如影随形，但他没有把我硬拉进厨房，也没用皮鞭抽我，他还没跟我说什么，我就怕得要死。他回家进门或叫了我的名字，我就发抖。我想，如果我和狙击手的关系被他发现，知道我已失掉童贞，准会把我剁成一片片，或者活活把我吞了。

我要摆脱这种恐惧感和无尽的战抖，它好像是一列见首不见尾的火车。我听见过他在全家人面前赞扬过我的品德。但越赞扬我越害怕，我觉得他一定洞悉了我和那个人的关系，现在正筹划给我挖一个深坑，最后把我扔进这个火狱。

啊，狙击手，让我因高潮的到来而叫喊吧！喊到让我的父亲听到。让他来看吧！看见我躺在死亡大楼的地上满身尘土。让他看吧！看我张开大腿向男人投降，我的一切都投降了：我的小肚和胸前休眠的一对乳房，可惜我的两只手除了战抖什么也不能做，只有一双眼睛既会说话，又很智慧。

这个战神，他过来夺走了我的贞操，一次，两次直到一百次，直到让我感觉他还在我的体内。战争破了少女的贞操，现在除了死亡、建筑的墙壁和那个狙击手，没有一个人看着我。我要经常感谢他，尽管我丑陋，但他接受我。他是人，实实在在的人。我现在听到近处有散落的枪声，不过我并不害怕。战争使得人的美貌、财富、害怕和习俗统统变得微不足道，它们和遍地的尸体一起被掩埋了。

我常常自问道：战争就应该继续践踏人类，继续破坏，制造一个个悲剧，直到把我送回原始社会吗？我再也不是几个小时、几天躲在卫生间里，也不静坐着和夜游神那样守夜。夜游神是夜游王，坐了电椅后才变成夜游神的。再过几天，正如人们说的那样，我又要大笑了，但它不自然，他们还未笑话我，我早躲起来了。这里，除了这场战争，什么问题也没解决。这场战争打破了人们的生活日程，也搅乱了大地和社会生活运行的规律。我翻阅过很多的社会书页和章节，我已是其中的一页。我为什么要像——仅仅像而已——他们那样陷入这个围栏里？为什么他们不像我？战争已经到来，我的父亲啊，你听见没有？

啊！我仰躺着，连头都无法转动，兴奋的滋味在全身涌动，一次，两次，三次，直到百次。战争使我能够预料瞬息万变的任何新事物的发生，这种新事物看来还不错，让它来吧，让我们看看它吧！让我们敞开胸襟去迎接这个鲜为人知的新事物吧，不管它能给我们带来什么，是灾难还是惊喜。战争必然打破被日常事物掩盖着的平静和真空。现在，一分钟的沉寂后又出现笑声，喧哗之后又出现平静，平静之后又出现暴力。这场战争使我不断观察，不断奋起和镇静。人类所庇护的但又不被其拥抱的特性，只有在著书写作时才能体现，现在却博得了现实的同行。

我的背部隐隐作痛。我想起来，但狙击手似乎还没有尽兴，他再次扑在我身上，就像邵基大夫家的蝙蝠胡乱往墙上扑一样。狙击手变轻了，似乎没有身体了。

我发出可怕的叫声，这种叫声，现在可以称之为可怕的过去。说它可怕是，我怕以后不能再在幸福和失望中每天上下楼梯了，我再也找不到它了……我们的床还能继续保留在死亡和毁灭的尘土中吗？还能留多久？我问他，他会回答我吗？他为什么不和我多说话？他的声音甜蜜恬静又可怕。看来，我可能把我的恐惧转移到他的身上了。他一听到脚步声，就探头看看是不是我，因为我是唯一敢在死亡街上走路的人。我一到场，一切不安很快都烟消云散，只有在他战抖的双唇间，在他那潮润的双手间，在我和流弹声中不停地转动的双眸间，还留下点点痕迹。他没告诉过我，哪怕是一次，他为什么去当一个狙击手。也许他认为我不识读写，只懂得无须解释就会使用的身体语言和别人进行交流。事情就是这样的：我来的目的原本相信能让他放弃狙击的生活；他相信我是一个女人，现在是战争期间，我很需要一个男人，什么男人都行。巧了，纯粹是巧合，他就是男狙击手，这就是唯一的解释。我一次也没有开口议论过他狙击的事，我只说过，听说局势会出现和解，战争或许能结束，他只点点头。

回到家，对我而言战争好像已经结束。我又开始给多日不曾理会的花草浇水；用好久不读的报纸擦拭镜子；我洗熨沙发套；把冬衣摊在椅子上，散发那股樟脑味。我还要去买黄瓜，榨汁，总之这些都是我妈过去干的。

艾哈迈德时不时回来看看，每次都是那双带泥巴的胶鞋和那双向大麻烟投降的眼睛。他有时在沙发上睡，要不铺张席子睡在地上或能找到的任何地方。枪扔在一边，好像从造它那天起世界就是永久和平的。现在他把枪靠在玻璃桌边，呼呼大睡，一觉醒来，就到处找充饥的东西，有什么啃什么。我们坐在一起喝咖啡，我常问他：战争真的会停还是人们嘴里天天谈、报纸天天登的问题？他深深地叹了一口气，我无法解释这声长叹是留恋还是烦恼。

艾哈迈德继续卷他的大麻烟，一支接一支，我怀疑他是否听到了那穿过了云山雾罩的话。我求他戒掉这种他几乎上了瘾的毒品，他当时对我的回答是："整个贝鲁特都是我们的，我们是西区的战士，他们是东区的，所有建筑和这条街都在我们手里，没有一样活动的和固定的东西能跑出我们的手心。我们是力量，我们是勇敢，我们是一切。我们哪一天采取行动，都是政府法律和公众舆论管不了的。如今我想要做的、又没有被批准的也只有毒品了。你应该感谢安拉，我没有像其他人那样吸海洛因或注射。"

他憔悴焦黄的脸、两片蓝色的嘴唇使我产生了一丝畏惧的心理，也很为他担心。我问他：照你这么说，下一步该怎么办？他摇摇头，又吁出了一声长叹。我无法解释这声长叹是留恋还是烦恼。我把对他的话埋进心底，无言以对。由于吸烟，他咳嗽，沉思。他消失在我的视线里，消失在我们家的空间里。对他，或许我也像他喷出的朵朵烟云，飘走了，不复存在了。

我给他加咖啡，回来时看着杯子生怕洒在地上。一抬头，看他正在自慰，就赶紧进我的房间。他的样子使我害怕，我哭了，但不明白怎么会出现哭的反应。我自问，为什么这场战争能让一切东西都变了，连艾哈迈德都敢当着我面旁若无人地“玩”自己的，好像世界就是他一个人，除了他没有别人了。啊，战争！为什么解脱了我、抛弃了艾哈迈德，或者像艾哈迈德认为的那样，战争拯救了他而抛弃了他妹妹，正如楼梯上发生的那样？

我们怎么了？我们的童年在哪里？我们那张在瀑布前手挽手想摸到水柱的照片哪里去了？柠檬皮哪里去了？那时，为了想看到外边发红的世界，我们把柠檬皮的水挤到眼里，弄到最后连彩虹也看不清了。

还记得吗？艾哈迈德，那时我们每天在客厅里的收音机旁熬夜收听埃及连续剧《黑夜里的鬣狗》。一集完了，静静的深夜里会听到广播员浑厚的声音：“《黑夜里的鬣狗》第十集结束，谢谢收听。”你总是在我之前站起来，你胆子太小了！你忘了吗？我曾偷了你一块外国小地毯，卖了几个里拉。那时父亲怀疑所有的乞丐和鸡鸣时吃封斋饭的人，他盘问过他们，特别是那个亚美尼亚瞎子。父亲认定是他偷了外国地毯。

艾哈迈德，你在隔壁房间里自慰，同时又吸食大麻，吞云吐雾，不停地吸，不停地玩，以此自娱。你经过偷盗、杀人、迟疑、骚动和仇恨之后，变成了大麻的亲人。你拿起武器，真的是为了保卫什叶派被剥夺的权利吗？他们都说，是你和所有什叶派的人“给贝鲁特带来灾难”。你是为了保卫巴勒斯坦人反对长枪党，还是巴勒斯坦人保卫你和你那可诅咒的运气？尽管我在你隔壁房间里，我还是能听到你的喘息，越来越大的喘息声。你独自享受你的快感不感到内疚吗？马吉德和马立克也有你这样的空虚感吗？他们压在我的身上享受快乐的时候，目光厌恶，身体像干柴，两腿僵硬，凉气透过周身每个毛孔。

战争会停止吗？如果停了我们怎么办？“别打开这个话题！”艾哈迈德会这么说。很明显，为什么他提高嗓门又支吾着说不出话来？为什么他害怕战争停止？因为到那时，突然间他将一无所有，会像往日的他，一个人在黑暗的大街上踽踽独行。他的枪，曾使他获得大量面包或四分之一箱汽油的枪，会被扔在角落里。当他回顾往事时，他将反刍过去岁月。艾哈迈德，你不能也不敢和我讨论或对话，你也不可能知道你在这场战争中起的作用。你的脑子里，你的舌头上，每天出现新思想，像艾布·霍都德家的鹦鹉，不断重复着它的“名言”：主人，主人。

艾哈迈德就像艾布·霍都德家的鹦鹉，一会儿听他说他所以参加战斗，就因为他是什叶派，是为被剥夺的权利而战。也许这番话还不能使他的朋友和小组的头头满意，要不就是想显示他身份的重要性。他又字斟句酌地加了一句：“我和其他人都为反对帝国主义而战，为反对美国而战，为反对以色列分裂阿拉伯国家的计划而战。他们要分割我们，他们是不会得逞的。”没过几天，他又说，是巴勒斯坦人和我们并肩战斗，后来又说巴勒斯坦人没有收获，这是一场纯黎巴嫩的战争。再过几天，又说：“我个人要为巴勒斯坦的事业而战，我的一生要投入巴勒斯坦事业。我的朋友是巴勒斯坦人。当我去南方看我外公的时候，我见过他们，吃过他们的食物。没多大工夫，我说话的口音就成了他们的口音，我的用语，就是他们的用语。妹妹，我要和任何无产者站在一起，我要和少数派站在一起，他们和我们一样是少数派，和南方居民一样是‘被压榨的受苦人’。这是对他们的阴谋，我们要挫败这种阴谋。”

艾哈迈德穿着深色卡其布夹克衫，伸手从口袋里掏出几张《编辑者报》和《使者报》的剪报给我，另一只手拿炸肉丸子往嘴里塞，碎麦片随着他的话飞得满桌都是。

“看！他们把这一切都弄成教派主义了。那些孩子都在卖报纸，为了卖报都被杀害了。被杀的、打残的都是我们的人民。”在这真凭实据面前，我只能点头，就像用一剂麻醉药局部止了痛，但药效很快便会消失的。

有时我也问他是否试着看看《劳动报》和《自由人报》，“一定会看到很多尸体和残废人，你看到的只是其中一部分”。又一次，在另一张剪报的暴力照片前，我第二次点了点头。我对他说：“他们偷盗，抢了港口，你们抢了几家银行。他们也抢，放火烧了一切能烧的东西，你们也一样。你应该读读其他报纸。”

“不，我没有和他们站在一起。我是和你们在一起的。”

“不，我也不支持你们。我肩上没有背枪，我思想里也没有枪，我是一个中立者。因此，我看两边的大火，听两边的哭声。”

我从这个楼里，通过这扇窗户，跟这个城市、跟战争、跟生活进行联系。我看到防空洞门前的社区活动停止了。那里也成了避难所，堆放着很多可以更新或替换的商品。有一天晚上来货了，这批货不是一般商品，是一群垂头丧气的男人。武装人员点了数，像在点一群待宰的羊。也许他们已经被宰了，因为我没有看到他们再从那个门里出来。其他的货真叫五花八门：分支的大吊灯、煤气炉、鞋子、药品、理发用吹风机、投币唱机、土豆袋、进口领带、打蛋机、汽车零件等。有一次竟然来了一百多只呱呱乱叫的活母鸡。这批偷来的货物只要有人付钱，就往外运。

艾哈迈德的声音越讲越低，像在自言自语：“两边的战斗人员都是盗贼。我不知道我在想什么。我有武器，很安全。我背枪是为了完成很多任务，也许是为了上面我提到的所有人和事，也许是我列举的所有的理由。我曾经像任何人一样积极向上，但如今我也是进退两难。在拿起武器的实践中我失去了方向。尽管我手中有武器，比较安全，也许有朝一日，我会自我解脱，因为我上过学，虽然还没有完成学业。这就是当时我们在讨论拿枪问题时宰赫拉给我的辩护。但她为我拿枪之事总把我骂得狗血喷头。我很难接受。奇怪，她和我讨论时没有发疯，也没有出现神经质的现象。以往，我每次回家，她劈面第一句话就会问我：‘你射出子弹时有什么感觉？’我回答她：‘开枪时，除了后坐力什么感觉都没有。这个问题成了例行公事。很多的例行公事不断重复，加之内心烦躁不安，我和毒品打上了交道。’

“毒品给战争的另一种特性和范围谁都无法说清。毒品通过挡在眼前和遮住扳机的遮眼罩，帮助你看清战争。我们会忘记看到的东西；忘记先是大声呐喊继而僵卧在地的同志，他的肠子淌出肚子外挂在他新手表的旁边；忘记他们的大炮、火箭、炸弹；忘记我们共同的战斗。如果我自问，过去做成了些什么。回答只有：我服从了长官的命令，赢得了许许多多的东西，我没有和娘儿们待在屋里。当听说这场战争即将无果而终时，我呆住了。战争结束，意味着我将变成曾经雄霸过的街头的一个孤魂。在那些街上我扛着机枪，逐屋、逐室甚至每棵树都占领过。我曾是夜间的主人，白日的统治者。

“他们会不会让我上缴枪支？我能不能藏起来，好让它永远和我在一起？我希望和谈是个谣传。我不想让战争结束，更不想为下一步该做什么而伤脑筋。战争决定了我，它早已塑造了我的日日夜夜、我的财政经济、我这个人。战争赋予了适合我的一项任务，特别是开战的头几个月里，当时我羞愧、不安、心惊胆战，几个月一过，我骄傲得像好斗的公鸡，扬起鸡冠，竖直羽毛，挺起胸膛。一旦战争无果而终，那就意味着损失惨重，极度的懦弱。损失意味着同志们白白地捐躯。那个大声呐喊后僵卧在地的同志是虚伪的，是白死了。那个淌着肠子的同志是虚伪的，白死了。那些我为之哀悼、哭泣的，那些我为之呐喊和向他们呐喊的、那些有觉悟但掉进陷阱的都将被说成是虚伪的，都白白死去了。”

除了枪支弹药和大麻烟卷，艾哈迈德开始一趟趟往家里拿东西。他背着东西穿过客厅进入父母的卧室。我爸妈还在农村，时不时通过人传话让我过去跟他们一起住。艾哈迈德进屋藏完东西，出来时敲敲肚皮，然后再进去。这时传出轻微的响动声。一定是在转移窝藏的地点。再出来时嘴上挂着一丝微笑，脸上出现想说话的表情。看我无意想听的样子，他会略显恼怒转过身去，嘴里嘟哝着："这块表是我朋友的，他让我暂时替他保管几天。"

艾哈迈德没听见我说什么，又看见我一脸不快的神色，便拍拍肚皮，说道："纯金的，18K，意大利货。"

他的话总是以"要不要看看"结束，而我往往晃晃肩膀作答，这个晃动让他不得要领，不知道我想看还是不想看。

又一次，他拿回的东西没法藏在背后了：一台收音机。第三次是夹在腋下的一只银质戴胜鸟。第四次，他不仅不再拿任何借口做掩护，还自豪地跟我说："只有我知道什么该拿，什么该扔下。"这次他亮给我看的是镶嵌着宝石的金手镯和戒指。第五次，他拿来一个女用手提袋，先藏在房内，再去厨房拿了一把刀。

之后有一次，他拿回一个报纸包，打开后抖出一件蓝色的女服，颜色鲜亮得犹如夏日里的太阳。他说："这是我给你买的。"后来，他又带回一面圆镜，顶上装饰着一只透明的水晶鸭。他自豪地对我说："你瞧，宰赫拉。谁都看见这面镜子，但没人考虑过拿它。当你听到爆炸、看到火箭弹的闪光、跑着躲着的时候，想拿这么一个东西不是很容易的。"

我两手按紧耳朵，喊道："你别再跟我说这些事了。"我哭着躲进房里，只听得外面冰箱的门开了又关，一定是艾哈迈德忘了今天没电。如果这时我过去，一定还会听到他在喃喃自语，说他们一个小组的头头命令全体停火十五分钟，去救一个临产的医生的妻子。

“她家像一座堡垒。一停火，我们两名人员冲进去把她带出来，拉着一起往路的另一头跑去。她的喊声夹杂着劈劈啪啪的脚步声，跑向她丈夫和等着的人。我们的头脑里立刻冒出了一个坏主意：两个帮。逃离的人还没回来，我们五人必须离开街垒进堡垒去找。一进屋，嗬！眼前完全是《一千零一夜》里的一座宝窟。估计得一点儿没错，我们的伙伴早就等不及了。我们也加入一起动手。她的大衣真多，还有给未来小宝宝准备的玩具和后来才弄明白的银质的烟灰缸。有的烟灰缸开始以为是玻璃的，好半天才搞清楚这是真正的水晶。家具都是黄铜装潢，名贵的油画挂在紫铜的画框里。我们从墙上揭了几小块波斯壁毯，拿不走的用几发子弹把它毁掉。我们朝天开枪，把钢琴上的相片扔在地上用脚踩。这时有一个人说这种破坏不过瘾，必须把房子点着销毁罪证，别的人说：保护它的就是抢了它的，一定要弄得像一颗炸弹直接命中，大火把屋子烧得一干二净，被偷的东西在乌黑的墙壁上无法分辨，家具四分五裂。这面带水晶鸭子的圆镜就是我在那里拿的，一路上带着它还真很不容易的。”

每晚睡前，我总要拿着蜡烛，踮起脚尖进一趟爸妈的睡房里，检查一下艾哈迈德弄回来的战利品。每次我都会抚摩那只他说的意大利金怀表。移近蜡烛，表上除了那黑色的数字，我会读到几个黑色的字母。那是一个人的名字：塞米尔·拉。我发抖了，就像头一次狙击手要求我套上戒指时发抖一样。这个塞米尔·拉在哪里？他还活着吗？要活着的话会挂念他的金表吗？会问起表在哪里吗？我抚摩着表壳金色的光泽，心想为什么他拥有一个怀表而不是一块手表。我也会去摸摸那只水晶鸭，镜面白色的反光在暗夜里闪闪发亮。医生的夫人难道如此喜欢鸭子，以致买的镜子上还有一只玻璃鸭？如果鸭子能说话，它会对我说别碰我吗？会不会要我放了它，让它游回原地？我能不能明天从电话簿上找到塞米尔·拉的电话号码和住址，告诉他，金表没有丢失，可以还给他，条件是永远不要问谁拿来的，怎么拿的和什么时候拿的。我要不要去找医生的太太，还给她在镜子上漂游的小鸭？我归还这些战利品应当认作是一种反常的行为，可以和我天天去会狙击手等着我的死亡大楼相比拟。

当我远离那海盗和他的海盗船时，险恶的局势变得更为清晰。我求主宽恕，这件事不是我干的。我做什么了？和一个狙击手谈恋爱？但是当一切真的发生后，每天下午，我身上每一次脉搏都要求我去找他。我多次扪心自问，是不是错认为他是个狙击手了？他是我姨妈的邻居，可能喜欢登高看打仗，买望远镜也只是好奇，和枪上的瞄准镜完全不是一回事。或许招贴画和海报上说的“小心狙击手！”“你想除掉你的岳母吗？带她上这儿来吧！”指的是别的狙击手，是其他楼顶上的狙击手。

在两个多星期停火期间，难道不是我去楼顶找他他不在吗？后来，停火被破坏，我第一次没有相约去楼上，还不是面对面地看见他趴在屋顶上？他是一个打黑枪的狙击手，是行驶在这次战争对立中有漏洞的海盗船的老大，而我已经被他带上了甲板。

现在我不想再去找他了，也不愿给艾哈迈德开我们家的大门。我要把他的战利品统统从屋顶上扔下去。我不离开这个房子，卫生间的门如果有锁，我一定把它当成我的家。可是不行，我每天还会去找他，去体验光脚踏在柏油路面和楼层台阶那种感受、那种心悸，去闻他的汗味，看他那双敏锐的眼睛扫视我周身，目光深深扎进我的躯体，而我的双手早已环抱在他背后，要他以全部重量压在我身上。啊，这种战栗后的甜蜜的麻醉刹那间把我抛进了深深的黑暗中。他合上的双眼看不到我目光中那种强烈的感情。当然，由于时间过长，我也无法全部吸收他的情愫。他放开我，留下我躺在屋顶的瓦片上，站起身，转过那修长的身躯重新面对我时，我早已忘却了再不来这里、再不与他通奸的诺言，这一切都抛到九霄云外了。

现在我唯一的希望是结束战斗，在任何地方搭建起我们的床铺，把非洲、马立克、希特勒式的小胡子统统埋葬掉。我要结婚，我唯一的希望就是要和这个狙击手结婚。我想永远和他在一起。不结婚在一起生活是不可能的。如果他不娶我，我也会保留我们的关系。父亲的皮带没什么可怕的。皮带的威慑力消失了，龟缩了，是战争使它后退，使它既无生命又无力量。

要保留这种关系，条件只能是父母在南边，我一人住这套房子。我再也无法和他们中的任何一个人一起住了。我要一个人和男人在一起，只要他娶我，让我生活在他的股掌间，感觉到他潜在的分量，我一定会白天晚上好好满足他的要求。他会和我结婚吗？我能不能问他，“一旦战争结束，我们间的关系将怎样解决？”他能相信这是我的声音吗？我在他面前没张过几次口，主要是回答他可能在艾布·贾米尔饭店里听说的事，像“你真的嫁给了一个非洲的有钱人？他离开你是因为你不能生孩子？”“你哥哥真的是和民兵作战吗？”“是不是你和某人有了关系，他又和别人结了婚……你病了，做过电疗？”“你有大学的哲学文凭吗？”

我注意他的话，他和我躺在一起抽烟的样子，他站起身时我注意他的每个动作：拉上裤子拉链、摸摸自己的脸、评价我做的碎肉丸子是最好的什叶派丸子、不用镜子梳头时仔细倾听每一个声音专心的样子……所有这些都否定了他是一个打黑枪的狙击手，并使这个事实变得苍白无力。这种人性化的无意识的行为和动作在他身上比比皆是，让我和外部世界都把他归入人的范畴。

不久我回家了，艾哈迈德的赃物藏在母亲床底下的那个家。夜的浓重不仅降临贝鲁特，更遍及全黎巴嫩。我如果搭上一架飞机在黎巴嫩上空翱翔，俯看地面，情况似乎一切还井然有序。鳞次栉比的高楼耸立着，树木依然郁郁葱葱，月光把祖国照得锃亮。但回到现实，马上可以看到人们惊恐地躲在墙后，生怕被飞来的火箭发现了他们的踪影。只要想起狙击手,我仍然怀疑他是不是真的。他有必要去伏击吗?他疯了? 我立刻从头脑里排除了这种形象。在我看来，他思想稳健，头脑清醒，行动自然，是个文文静静的人。交往至今，我从没见过他激动过，或许他不需要这样做，除了我们双双躺倒在地上，我们几乎从不交谈。

他长得俊秀，头发自然地披散在额头上。深邃的眼睛里透出一丝怜悯，这可能是我看到的。明天，我会按老习惯去看他，也可能是我们最后一次见面了。我会坦诚相见，和他一起把什么都谈清楚，包括狙击和结婚。明天将是我一生中决定性的一天。我什么都想知道，明天将了断我的未来。

我探头往母亲的床底下看。只要艾哈迈德拿回的东西有所增加，床单一定像平时那样拉到贴地处。一见这种情况我顿时脸红到脖子。我不相信艾哈迈德会是个小偷。我不能想象，他就是那个穿着短裤、外衣两边一长一短,在红花季来临时用红花籽把脸颊抹得红红的小鬼。这个艾哈迈德在学期末和年初一见父亲就怕得发抖，每天回家进屋前一定要估计父亲的去向。每天傍晚，一听到楼梯的窗户上有轻轻的叩击声，我会推开窗子，他便打手势问父亲是否在里面。他怕父亲和我还不一样。我的害怕常常是他先从母亲开始，然后再到我头上。艾哈迈德难道是那种下层的小偷吗? 我们报上经常可以读到“昨日抓到了某某，他正准备入室偷……”

到了第二天，我自己立下的诺言失效了。以往担心的事我忘得一干二净。我的新情况和过去以及现在的感受完全不一样。我很想睡，我想躺在一间凉爽的空房间里，屋里只有一张床和一盘水果。如果狙击手来找我，我第一次要求他离开。我困极了，一直在睡觉。

我好像迷失在一片柠檬树和绿茶中，混合的香味使我感觉天旋地转，不得不向晕眩彻底投降。我想站起来，狙击手问我哪里不舒服，我告诉他那天早上一起床就想再躺下，量了体温也正常，身上也没有什么不好的。我听见他说："恐怕是累了。"我挣扎着站起来，靠在墙上。做爱后我们常坐在一起抽烟、聊天。话题很怪，一般不涉及我们俩，谈的都是下面大街上或大街以外、贝鲁特或贝鲁特以外、山上或山外的事。他告诉我十六岁那年一个吧女曾为了他要自杀，后来，他又如何喜欢上了一个外国大使的女儿，为了请她看场电影不得不把学校发的书都卖了。她又怎么发现他在一家露天停车场上给人洗车。他说，那个吧女为了他丢了工作，还被警察通缉。他有义务帮她逃跑，把她带进山里，租了一间房。他回忆自己怎么第一次和女人做爱，一次他和一个姑娘一起骑骆驼，她怕得要死，紧紧躲在他的怀里。两人贴得如此之紧，使他不知不觉兴奋起来。他不管拉骆驼的让牲口停住、蹲下，直到满足了才下骆驼。

我很喜欢这些故事，旧事重提也再次让他经历了一次青春期和早期的成年期。但他的现在和近期情况似乎还蒙着一层迷雾。想打听他真实情况的任务越发艰巨，对他的好奇压得我喘不过气来。我想知道他的真名。如果真是一个狙击手，那为什么要干这一行？我想知道他对我的感觉。他的举动从不让我觉得他粗鄙平庸。他看上去永远是高高兴兴地在最高一层台阶上等着我。现在我头脑里已是一片空白。我想起来，回家去休息。我使了最大劲，低声对他说再见，他回答我："你自己多保重。"

我如释重负慢步走下楼梯，毫不在意每扇关着的门后射来的目光。我只想赶快到家，上床睡觉、睡觉。快到家门口，看见大门洞开，我喊着艾哈迈德的名字踏进家门。在回手关门的时候，眼睛蓦然看见屋里站着的竟是我母亲。她胖得以致我第一面竟没认出来。南方的阳光烤黑了她的脸，眼睛显得更蓝了。她走过来，带着半哭的声调说：“唉，唉，宰赫拉呀，人不见，消息也没有——也不问个好、不说句话，你舌头化掉了吗？你爸和我整天愁你的事，你是怎么啦？”

唉，我的床在哪里？我想睡。你为什么今天过来？我困极了，只想睡。

“宰赫拉，你怎么回事，家里弄得这么脏？……还没有水。你吃过饭没有？”

唉，我的床呢？我要睡觉。你为什么今天来？我说：“妈妈，我很不舒服，我着凉了，想睡一会儿。”

往我房间走的时候听到妈妈还在说：“刚才去哪儿了？周边胡同我都找遍了。你要是知道我怎么来的就不会这么说了。我和尼厄曼同路，他说最多能带我到乌泽欧，余下的路要自己走了。余下的路我是走着回来的，一路上我心跳得像脚上拖了一双木屐，我尽量快走，总算到家了。”

终于走到了床边，我能躺下了。我又觉得身体似乎被托了起来，高高地离开了床褥。头在旋转……我又被摔回床上，好像根本没有动过。我支着脑袋的手很痛，抬起手后，头顶上重得像站了一个人。有人在我旁边，是妈妈的声音：“我床底下的东西都是谁的？我打扫时发现的。”我迷迷糊糊地嘟哝说都是艾哈迈德的。

你怎么就这么疲乏？我怀疑也得了邻居苏米娅的癌症？苏米娅是隔壁一家人的闺女，我儿时的朋友，最近才知道她得了癌症。那天早上我去找她，发现她站在厨房里剁薄荷和芹菜叶。因为切洋葱，水灵清澈的眼睛里还挂着泪水，一点儿看不出她模样和普通健康妇女有什么不一样。她还夸我裙子的颜色有多漂亮。她的肚皮鼓得很高，见我看她肚子，她笑着说：“别担心，我没有怀孕。感谢主，有一个男孩两个女孩足够了，只要多活动，大肚皮马上会消下去的。”

我满意地笑了笑，告诉她，刚才听妈妈说苏米娅有癌还和她争了一通。她听了大笑，手里捏着一把芹菜往菜板上放。“知道化验结果时我和爸爸在出租车里。他一把把我抱进怀里又哭又亲，口里不住地说：‘感谢安拉，苏米娅。安拉可怜你丈夫和孩子。’我不明白他话里的意思。后来他告诉我，我相信一定没有人告诉你化验单的结果。大夫怀疑是癌，但结果不是。”

苏米娅的身体开始很不错，后来一天不如一天。每次过去看她，她的肤色越来越青。粉红的嘴唇和消瘦的胳臂上布满海蓝色的病灶，脸部肌肉皱缩，但饭量还行，还打算在贝鲁特郊区租一套房子。她和丈夫一起办这些事。她跟我说看中了一件晚间休息时穿的长袍，想去买来，还一再让我别常去看她。她怪我不好好保养自己的外形，对脸上的青春痘也不找点儿药治治。最后一次，我看她对我天天去看她有点儿不高兴。她随身带着一面小镜子，时不时拿出来照一照，等我快离开时才跟我说几句话。

尽管不高兴，她还是要我每天过去，想跟我一起回忆中学在校时的日子，让我讲一点儿在一起时逗笑的事。有一次我实在忍不住了，差点儿脱口而出对她说：过不了几天你就完了，别再问这问那的，别再去注意这条裙子漂亮那件衣服好看，别再挑食，也不用老拿着一面镜子，你现在唯一要做的就是找一条活路。

不过，再一想，苏米娅这样不去理会死亡将至或许更好。于是，我也就不按时过去了，但她依然天天要我去。她母亲边哭边求我母亲：“你这个疯子宰赫拉在哪里？苏米娅快死了，躺在床上要她过去，就想再看一眼宰赫拉，宰赫拉怎么就不去了呢？死是去见安拉，是不是宰赫拉不想在这种情况下看我的女儿了？”

母亲听了冲进我房间，拍着自己的脸喊道：“你这没心肝的坏蛋，不是长了骡子脑袋吧！快去看看那可怜的姑娘。”

我像个狮身人面像似的坐着，跟谁也不说话，剥我脸上的痘痘。

那是一个星期天，我躺在床上，瞪着眼睛看墙上的裂缝和翘起的漆皮。真觉得日子过到了头。马立克把我弄成第二次怀孕，明天就要去第一次做手术的老医生那里做人流。我正在想，怎么能有这股力量又一次上楼梯跨过那黑暗的门槛，躺上同样的台面。手术完了，一包血污的纸片……我卧室的房门突然大开，像被复仇的魔鬼猛地撕破。母亲站在门外，她拍着前额喊道："快起来，快起来，给你的苏米娅去告个别。"

我还没来得及动弹，她一步跳到我床边，一手托脖子，一手按在我胸上，叫道："你会把我也整疯了！作孽呀，还在床上挺尸，但愿这是你睡的最后一觉！快起来，苏米娅走了，你就知道睡！"害怕我妈疯了似的突然袭击，我下意识地穿好衣服戴上首饰跟着她。我想哭，但没有眼泪，母亲穿上她的黑外衣，当我们默默地下楼时，这幢楼里的每个房间都传出来号啕的哭声。孩子从四面八方围聚过来。我的指甲紧紧掐进掌心，支撑起我在这种情况下面对如此多的人的勇气。现在，任何的话语都说不到点子上，任何的举动也都是徒然的。我在苏米娅卧室门口第一个空椅上坐了下来，苏米娅的父亲和三个叔叔搬了一些椅子给门厅过道里站着的女人坐，然后一个个绕过门厅消失在房间里。我真的很想哭一场，可还是不行，那些职业哭丧妇早已把苏米娅的家变成了一个恐怖和忧伤的表演场。苏米娅的母亲突然发现了我，她笑着过来对我说："宰赫拉，你来了？顺路来叫苏米娅和你一起上学吧，她很快就出来，早准备好了，就差在头上扎一条绸带……苏米娅，来呀，宰赫拉在这里等你呢。"

我站起来，泥雕木偶似的站着。我的脸、我全身的肌肉和意识都像死了一样僵直不化。当我面对苏米娅母亲苦苦挣扎，意识到是真实的幻觉时，我似乎变成了一截木头。她说了一遍又一遍，越说哭丧的声音越响。过来两个人扶她到了一边，但她还在说："苏米娅，听见了吗？宰赫拉等着你一起去上学呀！"

没有任何东西能让我从木雕的心态中苏醒过来。苏米娅的母亲挣开了扶她的女人朝我奔来。她以一种超人的力量把我拉进了苏米娅的房间。我惊恐的视线落在我朋友身上，她还在喘最后几口气。临终的喉鸣似乎来自屋外的某处，是她的！她的脸更长更窄了，皮肤泛着蓝色。头发都裹在一块白手帕里，她双眼紧闭，若不是喉头咝咝的喘气声，就跟睡着的人一样。过来两个女人，从枕头上扶起她的头往嘴里喂了一勺水。令我极为惊讶的是她居然张开嘴，喝了下去。这时，扔在床角里她常穿的绿裙子映入我的眼帘，好像过不了一会儿她会拿起来套在身上。我全身战抖，突然爆出一声歇斯底里的哭声。过去提到过的、记得很新但现在已经变旧的一双拖鞋端端正正放在床边地板上，正等着她把脚插进去……如今，命里注定是我得癌症了吗？好像有一股不知名的力量把母亲从南边召回来，安插在我身边，喂我喝水，给我包头。只有母亲床底下艾哈迈德的战利品在笑，它们可以相互证明，就是因为它们的到来才引起了这屋子女主人的死亡。

我无法动弹。难道是因为我睡熟了？我觉得自己正盯着窗子看，似乎盼着狙击手追踪到我家，我也答应等窗户关上他就可以和我上床，可惜这是一场美梦。一早，传来母亲的声音，叫我起床。我觉得好多了，晕眩疲乏之感一扫而空。午餐时，我闻到一股茴香味，是母亲在五香碎肉丸子上浇了茴香西红柿汁。我不吃面包也不用汤勺，一口气吃了一满碟。母亲看我狼吞虎咽，在一旁说：“不好好吃饭，难怪你要生病。”

“是啊，我是病了。我要躺倒、睡觉，才能换来好的精神。不知道艾哈迈德哪天回来，今天还是明天？”“别来烦我，我要睡觉。我要出去，去找一个女孩子。我们认识才一个月。我们相互来往，下午炮火不猛烈，也没有打冷枪的。别怕，我在休息，别喊了，我在休息……”

大街上阒无人迹，但我还是弯腰疾走，害怕听到枪声。一路飞跑，到了那所安静的楼前，私下里庆幸没挨枪子儿，庆幸一路上我又下了决心今天一定去谈谈婚嫁问题。我们的关系发展得相当不错，可是每次一到他身边，就哑口无言。我不能等到他把我扑倒在地，更不能等到任凭子弹呼啸声那一时刻的到来。

这条街会永远像我现在看到的那样吗？空无一人的街上，一个老人拿着口袋匆匆而过；街垒；一群年轻的民兵；一股土腥味；褪了色的马路上满是尘土；家家商店铺门紧闭，门洞里传出孩子的嬉笑声，但街上却被一片异样的寂静笼罩着。大树、灯柱、打碎的路灯灯泡都不例外，连猫也不敢叫一声，只能钻进那老人身后的垃圾堆里。为什么我每天穿过这条大街没人阻拦我，没人呵斥我，还是他们知道这条街很安全？可是走到半路，周围的宁静使我提心吊胆，静得连猫都不敢喵。也许现在还是日当正午，害怕之心起于傍晚，甚于黑夜。也许那些人都知道我是去找这条街的霸主，为此才允许我像示巴女王似的在建筑物和恐惧中穿行。到了那个狙击手的楼下，有趣的是通过上百个猎手的窗子外，在他们的射程内，谁也没有碰我一下。上楼时，这些隐蔽的眼睛重新对我进行监视。楼梯变得漫无止境，像是一条天国之途，直接让我面对激烈的战火。

终于走完了漫长的梯级，我累得眼前直冒金星，胃里翻腾着，饥渴难耐，可午饭还是刚吃的，又登了两步，我已经看到了俯视着冲我微笑的他。

当他像往日一样压在我身上时，我突然感到胃里一阵翻滚，一股东西直冲喉咙。我伸手去拿床垫边上的纸巾（床垫是一个月前他拿来充当临时床铺用的）。我一有想吐的感觉，立刻跳起身，跑到楼梯边。翻天倒海地大吐一通后，真像死了一样。我这一生很少呕吐过。听见他在说：“给你纸巾。”但我挥手让他走开。他人呢？楼顶上除了楼梯口和几堵墙外没有任何出口。我第二次不让他靠近我，他背过身去。我自己够着了纸巾匣，抽出几张想擦干净秽物。然后拿过一个有柄的壶往手上倒了点儿水，又漱了漱口。我听得他说："行了，你病了，再有不舒服，找个离家近一点儿的医生去看看，他会给你开点儿治胃的药。"

我摇摇头，飘来一股呕吐物的臭气。我低声问他："你就住在这楼里吗？"可能我问得出其不意，也可能不是，他一无表情地回答我，还是往常的声调："是啊，怎么了？"

"能不能找个拖把来，我把这个给擦干净了。"

可能他对我回答的理由表示满意，当然也可能不是，只淡淡地说了一句："没关系，以后我自己弄。"

可能今天的偶然事件挑明了我心里久已积存的问题，而我的问话也只是一个托词。但不管怎样，他的谎言接二连三地出台了。他告诉我他一家人都住在这幢楼的某一层里，他也不想说明为什么不把我介绍给他家人，解释是无谓的。这条街上，没有一个女孩子会当着男孩子父母的面进他家门的。由于这个原因，所以我们只能在楼梯间里相会，我的处境也只能惨到如此地步。他的一席话使原本能了解更多情况和细节的希望顷刻间化为乌有。他堵住了我面前所有交往的通道。这些天来原来他始终在敷衍欺骗我。在压在我身上的同时，又压住了我的疑虑和快感。似乎我们共同度过的时光，似乎我们的肌肤之亲从未给过他有一分钟打开交往的通道、表现诚信的机会。如今，我在家里梦想的境界哪里去了？他答应我战争结束后结婚的诺言哪里去了？他是不是还认为我们只能这样会面？也许事实就是当枪声一停、火箭不再飞舞时他就在我面前蒸发，而我只剩下再次龟缩的躯壳。

不！不！不能再让这些发生，我父亲还是那个巨无霸。我身体的秘密倒不是主要的。我的周围裹了一道道墙，暂时还不会显露……但万一那个狙击手（他说他叫萨米，我私下里肯定这不是他的真名）离开了我，那我的生活中我的身体里就没有任何男人了。

战争荡涤了一切，模糊了贫富的界限，消灭了美丑的标准，把一切揉进了一个面团里。邻居的一个女孩儿拉丽，过去我从未见她的头探出过窗外。可如今，除了继承她父亲那深棕色的皮肤外也染了头发，画了眉毛，嗓门也高了。她到处卖弄风情，头上插满假玫瑰花头饰，手脚指甲上的油彩随着每件鲜亮的布裙不时变换。我的容貌也变了。脸上的痤疮长到颈下和肩上，可我一点儿不在意，这些地方我曾视为不可或缺的部位，是须臾不可分离的。现在我躺在床上，一眼不眨地看着衣橱不远处一幅波斯妇女的画像，这种形象我常能在家中发现。每当我全神贯注，便越发觉得和这女人比我更像一个特殊的野种。这个女人是神话中的生物：有着令人眩晕的美。如今我躺在床上，琢磨着怎么变成这样的女人，怎么能和这个波斯美人相比拟。

我头怎么晕得这么厉害？躺不下，抓不住牙刷往牙齿上靠，握不住杯子往嘴边贴。我已经食欲全无。母亲不时进来看看我，说："该给你送点儿稀的了。你得吃点儿东西才能发汗，才能好。瞧你像个孕妇，像个流产的贝都因人。"

我笑笑。我笑是因为怀孕、打胎早就一去不复返了，那个老大夫、护士，那张木台子也都一去不复返了。是不是那幢楼塌了，还是他不当大夫了？当时为什么我不敢去买避孕药？是怕药剂师怀疑？是不是我怕他比怕打胎更为严重？

这种害怕——人类本能的恐惧心理，把我推进了可悲的境地。随着战争的出现，这种恐惧也随风而去。现在我敢直面对着药剂师一口气要它十匣避孕丸。一开始他的目光使我举棋不定，但还是下决心告诉他这种药我需要十匣。他的表情差点儿又让我打了退堂鼓。最后他开口了："你要十匣？数量不少呀，夫人。现在正逢打仗，留点儿机会给别人好吗？五匣行吗？"我鼓起勇气说非要这么多。付完钱，抢起药就走。我再也不能像过去那样傻，这是我个人的行为。首先在思想上求得安全，这就是为什么我挑了一家离家很远的药房去买。

我一次吃两片，保证每次做爱后有三天保险期，之后小心按匣上的指示服用。一天早上醒来，发现下身鲜血淋漓。这是吃多了药，例假超量所致。这时我已开始吃第二匣，每天晚上一颗。药藏在艾哈迈德的一只毛袜里。在吃完第二匣时，又一次大量出血。

我严格按说明书的指示服用，吃到第三个月例假没有了。说明书说停药后例假可能推迟。我只要像来例假那样等五天，再重新吃药，到第四个月我开始吃第四匣。服完这一匣，还是不见来例假。我诅咒会死于血崩。还是一直没动静，我想再等一个星期然后去看医生。我去看什么医生呢？可能去社区附近的玛加西德医院比较合适，那里医生很多，没有一个认识我的。去这个医院还是再选一个，我确定不了。每家医院都有一个意外事故的部门，处理意外事故中的伤亡，或许我该再等等，或许是体内郁积的血液使我恶心、头晕，或许是闭经造成了我体内中毒。再犹豫不决不会有好处，我必须去看医生了。但要不要把这事告诉那个狙击手，还是看完医生再告诉他？现在已经没有办法了，我的情况每况愈下，我常常恶心想吐，但喝不进一滴水。当脸色变得极度苍白时，我知道问题比较严重了，是不是肝区有了麻烦，引起眼白发黄，右眼上方头痛得厉害，从额头上到眼内的血管不停地突突跳动。头痛弄得我像法老王的座像，疼得连动都不敢动一下。

中午艾哈迈德回来了。我听到母亲给他开门。到我房门外时，她的哭声也传入我耳内。门开了，两人一起进来。艾哈迈德一手端着卡拉什尼可夫自动步枪，一手交给母亲一个包裹，让她去把牛肝洗干净了。看见我病倒在床上，关心地问道：“怎么？宰赫拉病了？这几天什么情况都有。听起来好像胃不舒服，我找医生去，你要什么样的医生？拿枪戳在背后，他会像个机器人服服帖帖。”他边笑边说，手顶着母亲的后腰：“知道吗，两天前，纳迪姆·泽塔尔受伤了，我们送他进美国医院，大夫说动手术困难，我们把枪顶在医生的后腰上，他怎么说我们不管，我们说，如果这个年轻人活不了，你跟他一块儿去死。要不是我们的吓唬，纳迪姆哪能活到今天？”

我不想听艾哈迈德说话，他的声音使我心烦，他野蛮的笑声里夹杂的话使我心烦，他的一切都让我心烦。头痛欲裂，我闭上眼睛。不知过了多少时间，我喊母亲，没人回答。我看看表，快四点了。和萨米的约会要迟到了，我疯了似的起来穿衣服。

我去那狙击手藏身之处所耗费的精力实在太大了。我们多次会面中，这是第一次我按住裙子的下摆，怎么也不让他掀开，尽管一次又一次，他把我压倒在地板上。他一定意识到我有什么不正常，从我身上爬起来，愠怒地问道：“你还有病吧？既然这样了还来干什么？今天应当好好休息。”他又说，“我瞧你肚皮鼓起来了，小心别怀上孕了。”

他声调平静，不像是生气的样子。我见他一点儿没有恼火的样子，也暗暗觉得宽慰，便意料不到地说了一句：“我怕是得了肿瘤。我有一个朋友得了这个病肚子就肿了。”

我不知道我的话对他产生了什么影响，因为我说话的神态犹如在向自己、向四周的墙壁和沉默的楼梯认罪。我唯一的愿望就是能像以往那样健康地站起来。啊，那些美好的日子还能回来吗？

我怎么成了这种状态？当城里兵荒马乱，一片喊杀，使人不识天时不辨日月时，病魔为什么还抓住我不放？为什么我的病不让我像流水似的滑过它的指缝，自由地淌走？为什么只对我如此残酷，而让那些男男女女健康地存活着，忙于开枪无暇生病？难道是安拉选中了我，让战士们目击天底下真有这种自然的痛苦和死亡，墓穴中真有主选定的满身弹孔和刺刀伤口的尸体，然后双方偃旗息鼓放下武器？我告诉母亲，邻家的喜剧演员舒舒死了，她问我怎么死的，我说是心脏病。她听了喜形于色，宽心地吁了口气说了句“安拉保佑”，好像我提供给她的是舒舒活了的消息。这些情况艾哈迈德相信吗？

在今天，任何病痛都有危险。医生给你检查就像当面冲你喊："你的时间够了！"应该是扶你站起来的护士也像在抽身而退，冲着你喊："你的时日不多了！"

我走进玛加西德医院，白色长廊上人来人往像蜂巢里的蜂群。一些妇女一身缟素，成排躺着，几个穿着迷彩服的男女青年从我进来的门里出去。我再往前走，看见一家小店，问他们要了一本电话簿，翻到医生名下时，我发现马兹拉阿区有个妇科医生。运气不错，正是他接的电话，他让我马上去他诊所。

走出医院，天上淅淅沥沥下着小雨。雨丝越来越大，快湿透我的衣服了。我叫住一辆出租车，告诉了司机地址。他要我五个里拉，我大吃一惊，他学着我吃惊的样子说道："太太，你知道你要去哪儿吗？一桶汽油涨到一百个里拉了，还是低标号的。我还要冒着危险开车送你过去。"

我自忖：如果强迫自己不去想战争，还有什么危险可言。下点雨，人们急匆匆奔跑都无须证明它的存在。人们照常生活，商店照常营业，女内衣照常挂在店门边，烤肉的铁钎还在转，卖辣椒的照常在辣椒边上摆着一溜五颜六色的泡菜。打扰日常生活的只有远近的爆炸声。

我简直不敢相信我已经到了那位妇科医生诊所大楼的门口。楼房很怪，进楼上台阶前先要穿过一个荒芜的庭园。梯级第一个平台处是一条通道，尽头处有一扇门，但我不知道诊所在几层。我进了通道敲了唯一的那扇门，没人开门，只听得屋里有个老妇的声音："找谁？"

"找阿卜杜·拉泽格大夫。"我回答。

"楼上。"老太太的声音。

我继续拾级而上，走到另一条通道尽头处已是气喘吁吁。敲门后应门的是个小姑娘。我问了拉泽格大夫。她回头喊道："爸爸，有个女人找你。"

大夫出来了，先招手致意，又让我跟他进去。我疑窦丛生，怀疑他不像个正经的医生。我环顾四周，这个地方也透着奇怪，屋里有一大群五至十岁的孩子，都穿着白色睡袍，或坐或跳或哭，有一个由他妈妈带着。我被带进一间边房，屋里有个十五岁左右的青年躺在台上哼哼，一个像是他母亲的中年妇女，拂他前额上的头发，说道:“好了，孩子，你不会再疼了。”

大夫走近青年人对他说 :“现在起要多加小心，照我吩咐的去做，不能洗澡，别动，也不能穿内衣。有睡袍吗？你去给他买一件。”

女人问多少钱，大夫紧张地回答她 :“看你能给多少了，三四个里拉够了。”

女人的手探进怀里，摸出一个白手巾包，一头系着扣。在她解扣时，医生的手指不耐烦地打着棰子催她。到手两个里拉后，他走到手术台边，双手插进青年的腋下，扶他起来，嘴里不断地鼓励 :“好，起来……坐起来……”另一边是那个母亲在帮忙。

每动一下，病人便长声呻吟，最后当青年高声喊痛时，大夫神经质地对那个母亲说 :“行了，我找人来帮忙，你付点儿小费。”不等对方回答，他打开窗户探出头去大喊 :“喂，看门的，这儿！来帮个忙。”

我还是吃惊地站在门口，这一切太让人不可思议了。这个割包皮的人也能是个妇科大夫吗？是不是我看错了电话簿。如果真是我错，他为什么又给我约定时间来他诊所？

看门的来了，后面紧跟着一个重吨位的肥婆，边走边扯着嗓门喊道:“医生，瞧！你怎么还管厨房、做饭？要是你还担心这些肠呀、肚呀的，你自己去洗去煮好了。”

大夫没有说话，前后挥了挥手，对看门的说 :“你过来，把这孩子抱过去，他妈会给你小费。”看门的走到青年身边，好像抱一个婴儿似的一把就抱了起来。母亲问医生 :“大夫，我们一个星期后还要回来吗？”大夫从手术台下面拿出一条床单，头也不回地说道：“按我说的做。不洗澡，不下地玩，不穿内裤。”

他在台上铺好干净床单，不看我，问道：“说说怎么了？”还没等我回答，也可能看我迟迟没有张口，他走到门口朝外喊道：“等着我，别走开。等我检查完这个女病人，最多五分钟。”说完关上门，转过身来。大鼻子像座山似的夹在两块卵形的玻璃片中间，“说吧，怎么了？”我说了。他像没有听见似的指指平台，说道：“把短裤脱了，盖上单子。”

他拉上帘子，我脱了衬裤，又不知放在哪里。记得萨米看我把它放进一个黄色尼龙袋里，开始我还以为这个袋子是萨米让我带着防他子弹的标识，但自从我去了以后，他从没有朝街上放过一枪。

我躺在台上，眼睛直勾勾地望着高高的天花板。大夫掀开帘子，走到台边，手探进床单下。我两腿紧夹，会阴痉挛，紧张得不行。只听得大夫在说：“你让老公跟你睡觉，现在又怕起我的手指头了。行了，别使性了，大姐。”

我想放松，可放松不了；我想张开两腿，也张不开；我想控制住会阴的收缩，但也失败了。

医生又在说我：“大姐，怎么了？我们在玩游戏吗？我忙得很，天黑前还有十个包皮手术等着呢。”

我越想放松，结果是越发紧张。大夫摘掉眼镜扔在桌上，“好了，太太，穿好衣服走吧。”我苦苦求他：“大夫，求你再试一次好吗。”他绷着脸，目光挺吓人。这一次成功了。我感到他一只手按在我肚皮上，另一只手的几根手指插进去探了一下，抽出来后，面无表情地说：“恭喜了，你已经四个月了。”他把床单揭到我腰部，接着说，“没有我你自己也应当知道。看你的腰围线已经没了，肚子也大了，检查费十个里拉。”

我叫了起来：“我怎么可能怀孕呢？每个月我都来例假，就上两个月没有。”

他非常生气，瞪眼瞧着我："大姐，不瞒你说，我做了三十五年接生和包皮手术。女人怀孕一个月我就查得出来。你还想讲什么好故事给我听，嗯？好了，十个孩子等着割包皮呢，我得给他们检查。"

我表示怀疑："那例假又怎么……"

他打断我的话，这一回平静地回答我："这叫大出血，不是月经，有可能是避孕药引起的大出血。"

我哭着告诉他我正是服用了避孕药，"怎么可能吃了药还怀孕呢？"

"男的不会怀孕，女的才怀孕。你是女人还是男人？是女人别说男人的话！极有可能你吃药前两天或一个星期就已经有了。总而言之，你现在已经怀孕，多说也没用。十个里拉检查费。八个月时再来复查。现在我给你开一些维生素。"

他在给我开处方，而我已经失去控制："医生，这个孩子我不能要，求你马上给我做了他。"他对我的话丝毫不觉得突然，也没有惊奇的表情，继续写他的处方。写完后默默地折好递给我。我没有伸手去接，求他："求你了，我听你的。马上给我做个手术。"

他拿处方的手没有缩回去。"女人往往不相信会怀孕，"他若有所思地说道，"一旦怀上了，又个个忸怩作态说：'我真不想要孩子。'"他大声问我，"我说，你是受过教育的还是文盲？你都怀孕四个月了，我还能给你做手术吗？一月、两月、三月，很简单。我关上门，五分钟完事。现在不行了，你肚子里是一条生命了。"

"给我吃点儿什么，毒死他。"我还在求他。

一阵沉默。"你真是既固执又愚蠢，"他笑笑，"不管吃什么，先毒死的是你自己，然后是孩子，这点儿你还不明白？"

"我要和丈夫离婚，"我叫道，"他喜欢上别人了。"

"那不要紧，法律会保护你，"他回答，"你丈夫必须给你抚恤金、赠送费。因为你是怀孕在先离婚在后，你在离婚前发现怀孕这是好事。"

我的头在跳，我的心在跳，我抠紧大腿的手也在跳。我哭着喊着，“我丈夫死在战争中……你为什么老是挡我的路，毁了我的一生？求你了，大夫，我给你五百……里拉，八百……”

我的头在跳动，我的心在跳动，我的手抠进大腿的肉里也在跳动。大夫从写字台后面站起身走到跟前，窝起手掌托起我的下巴。几乎脸对脸地悄声对我说：“听着，女士，好好听清了，你已经怀孕四个多月快五个月了，不可能做人工流产手术，全世界没一个人能为你做。这样做会危及你的生命，就算你给我一千里拉，一万里拉我也不会碰你一下，现在明白了吗？愿安拉赐你忍耐和安慰。”

大夫转过身去，我绝望地盯着房门。我想，要是没有一个解决办法就赖着不走。再一想，唯一的解决办法就是自杀：只要走出这扇门，死就不可避免的了。我打开手袋，给他一张五十里拉的钞票。接过钱，他翻过去看看，用几个指头捻了捻，那鼻子仍然小山似的突出在两块眼镜片之间。他出声地数着找回的零钱，就像一个商人刚做完一笔生意。我对着他，也可以说对着我自己，对着全世界，对着母亲，对着狙击手，我告诉他：“如果不能做流产我马上自杀。”

他抬起头，嘲弄似的噘起嘴唇，闭上一只眼睛：“很好，你付钱了。”

似乎是对他动作的反应，我平静地说：“医生，我怕是得了癌，我敢肯定不是怀孕。”

他数完零钱放在我面前，站起身说：“恭喜主给我们送来了又一个贞女圣母马利亚。我们都不用说了，你可以去玛加西德医院做个X光探视。我推你出去损失了大把的钱，但我还是愿意给你开转诊单。你绝对是怀孕。”

我还没有回过神来，门开了，进来的是那个重吨位的女人。尽管我失神落魄，跌进了恐惧悲惨的深渊，但她白净鲜亮的圆脸衬着乌黑头发的形象还是引起了我的注意。她一手叉腰，站直了身子左右端详我，半天才对医生说 :“这个检查我看是完不了了。”她换了只手叉腰，对默不作声的医生又说，“外面的孩子闹翻天了，让我们怎么办? 跟他们说医生还忙着，还在检查? ”

医生走到门口回头对我说 :“走吧，大姐。安拉赐你坚忍。”

那女人的目光令我不寒而栗，我怕她上来打我，便急急下了楼梯。我的恐惧心理越发浓重，使我全身瘫痪，头脑麻木。我在街上踯躅。雨停了，留在天边的是一抹彩虹，至少彩虹还能让我想起它，还没有让这座可怕的城市吓跑，它是尽职的。恐惧心理让我对爆炸声充耳不闻，也根本不曾注意到大街上除了武装人员早已杳无一人。

“嘿，那个女人，站住! 你是干什么的，这个时候还在外面? ”

我回答道 :“我去探视医院里的母亲了。”我继续往前走，根本没有理会他们让我快走的警告。他们在哪里? 我又在哪里? 我为什么快走? 保护我自己? 我正想着结束生命，为什么还要保护自己? 妈妈哟，你为什么不早不晚，偏是现在从南边回来? 要死很容易，吃一瓶阿司匹林，躺在床上，一切都结束了。我一遍又一遍念叨: 阿司匹林，你的朋友! 阿司匹林，你的同伴! 阿司匹林解除你的痛苦。万岁，万岁……不对，我忘了中东广播台的广告词是怎么结尾的。我把明星优素福 · 西拜欧的话又背了一遍，它们有利于我忘却现在，促进服毒后迅速生效。

是的，第二天萨米会预期着黄塑料袋的出现，等着楼梯上的脚步声，但他什么也看不到了。地铺上的面巾纸匣里装得满满的，床单也光滑平整,枪支和望远镜照常竖在墙角里,水罐还在老地方。但在家里，只剩下妈妈声嘶力竭的呼号，近乎歇斯底里的恐惧使她的脸变得扭曲，让她的手在空中挥舞。她会不会想起过去，会不会把我的存在当作她自身生命的延伸? 我们终究还有过亲密无间的时候，像脐橙顶上的小橘子。也就剩下我一个可以和她年轻时相联系，我一死，任何东西将随我而去了。艾哈迈德会哭吗？男人的眼泪是这么容易流的吗？要是他手里拿着赃物，会不会先收妥了赃物再哭？或者立刻拿手掌掩住脸部，不经意地让东西掉在地上？赃物打碎了自有人来收拾。是的，宰赫拉直挺挺躺在床上死了，她一死大地上还有什么更重要的呢？我们家里会过来一批妇女，也可能一间是男宾，一间是女宾。是战争把男女都混在了一起。“可怜的宰赫拉，为什么白白浪费了你的花季？为什么要这样了结自己？宰赫拉，该起床了。该和苏米娅一起上学了。”如今苏米娅已长眠地下，所以当我母亲看见苏米娅母亲进来时不会说这话了。她会这样讲的，“宰赫拉随着苏米娅走了，在地下相会时俩人还会一起去学堂的。”

布尔吉·艾布·海德尔第一女子中学里：“宰赫拉，领子为什么还不浆硬了？谁给你领子上绣的雪松？怎么可能没有人会绣花呢？谁挑的颜色，绿得好暗呀。宰赫拉，让我看看你的手指甲。这个为什么留这么长？是卷的，但为什么这么长？是医生不让你剪指甲吗？让我看看你的头。再伸过来一点儿，这些白点是头皮屑还是虱子？主啊，都是虱子！一定去农村了吧？伸出手来。手上是什么？凤仙花？凤仙花染的指甲，跟你母亲说快擦了它，你是在上学，还是市场上摆摊的？你的手还是脏的，又红又黄的为什么不擦干净了再来上学？什么？凤仙花涂的洗不掉，时间一长就淡了？就是说要等上一年才会去掉，我从没听说过。总之，宰赫拉是个好学生，学校的优等生。历史，一百分；地理，一百分；作文一百分。作文题：天堂在母亲的脚底下。什么……作文交了白卷？你怎么了，宰赫拉。病了？可以回家，是胃痛，我们派沙迪亚送你回家。”

沙迪亚是学校门房的老婆，过马路时我们拉着手，她从汽车一直骂到学校里每个女学生，“我看她们个个都是鸡。”我不懂什么是“鸡”。“这个该死的纳基瓦把我男人弄进了拘留所。说什么……说……她咬定他和她睡过觉。谁不知道她刚有月经时就已经跟人睡过觉了。”

感赞主，我已经不在学校了。感赞主，我在贝鲁特和在家的时间正好脱节，所以没人注意我微微隆起的腹部。难道医生界定我大肚子死因时不会注意吗？还有当我躺下时更瞒不住了。他们会找医生来的，母亲如果一个人在家，她会阻止我吗？她会不会疯狂地要我活过来？她会不会注意到我腰围粗大，乳头变色，原本瘦小的肚子也鼓了起来？不，妈妈会把我遮掩起来，她不会叫医生过来问这问那、最后认定是一件丑闻。父亲尽管年老体衰，一定会把她拖进厨房，用皮带抽，胡说什么："小鸭天生会游水，有什么妈就有什么仔。你枉费了多大劲，女儿还是跟妈学。都怪你这淫妇，你不要脸女儿也跟着不要脸，谁让她怀孕的？说！回去过你的日子吧。为什么你总要带着她，那个可怜的、无辜的东西？从这辆车到那辆车，从大马士革到贝鲁特，从这里到南方。说！谁让她怀孕了？你不是朝觐的，你是个淫妇！"

当然，父亲如果查出马立克和我的事，他绝不会顾及我弱不禁风地躺在床上，他会扑过来。可如今，我想他能做的也不过是遗憾地使劲摇摇头，懊悔当初他壮得像草丛里的狮子时打我打得不够狠。他说话狺狺然若狗吠，他屈膝蹲坐像野兽在窥视、捕食任何穿过他面前的动物。他会摇头叹息，自言自语："主呀，想想这个宰赫拉，学校的优等生，从来就是最明理、最安静、最讨人欢喜的女孩子。从家去上学，从家去工作，从不左顾右盼，从来都是早早回来的。记得刚来月经那次，她把自己关在卫生间里整整两个钟头，最后还是妈妈敲门跟她说：'好孩子，宰赫拉，别害怕，这是主的意愿。快开门，别犯傻了。是我在敲门，门外是我。好孩子，没什么可害怕的。'就这样，宰赫拉走进了妇女的行列。现在，愿主送她母亲进火狱，愿主减她一百次寿，愿主诅咒她，诅咒她所有有罪的后代。艾哈迈德是个流氓，是个贼；宰赫拉是个小淫妇。大淫妇带着面罩，披着黑大氅，穿着长袜。"

"我该怎么办？"我徘徊在路边自问道。脚步震起回声，但我什么也没听见。我如果自杀，必然会闹得谁都知道我怀孕了。但当他们发觉，我早就长眠不醒——我和肚皮里的小东西，进入了永远寂静的九泉之下。地面上，人们熙熙攘攘，但战斗会继续，停火会继续，食物会继续，政党的会议会继续，婚姻会继续，生孩子会继续，房子、雨水和太阳都会存在，也永远有斗争。使万物得以延长的这一刻，和我现在走向终结的延长是完全一致的。我那一闪即逝的一刻和他们末日的一刻有什么不一样吗？或许我的这一刻更难以实现，因为我暗自决定并下决心要实施的。

到家了，我听到母亲号啕痛哭。难道她把我的葬礼早已准备就绪？我还没有吞下那一颗颗像孪生子女似的白色药丸呢。她是不是马上想用歇斯底里的办法告诉我对我的做法已心知肚明？或许当她看到我的腰、腹、肚皮、奶头时会改变劝阻我的念头？我会告诉她医生的话：“瞧，大妹子，你已经怀孕四个多月，快五个月，已经不能做人工流产手术，全世界没一个人能为你做，先知穆罕默德和耶稣基督也会这么说，给他们穿上大夫的白大褂，他们也会拒绝的。这样做会危及你的生命，就算你给我一万里拉我也不会碰你一下，现在明白了吧，太太，愿主赐你忍耐和安慰。”

我要打掉这个胎儿，他在我头脑里剧烈地搏动，他使我产生恶心感，终日疲惫不堪。他让我相信肚子长的是癌而不是怀的胎，至少是酷似一杯奶那样的胎儿的癌。我躺在床上把他放在水里，来探望的人祝福我身体健康，她们会看到一个人在浅水里戏水。他们怎么不尊敬我了？难道我是一棵被风晃动、果实被吹落的大树？

如果我把实情告诉了母亲，她会怎么办？打我？好极了！会不会咬我，就像她惯常撒野那样？更好！会大喊大叫？没关系！会弄死我？可以！什么可能性我都设想过了，唯一的是不能让她逃脱这次怀孕的干系。我想，告诉她以后，我能有一刻脱身之感。我要让她在我身边团团转直到发狂，而我已抽身而退。

我要让那种特殊的恐惧感潜入她的身心，哪怕一次也好，这是和人们彼此交往、相互对待的一种寒心，不是子弹横飞火箭爆炸的惧怕。我要把我的感受转嫁给她，就像我们当初在黑屋子里她把她的焦虑转嫁给我一样。我要她害怕、发抖，要她睡着醒着都吓得尿裤子，我要看着她拿了床褥子出去曝晒，让小区里的人看了笑话她尿床了。

特别是每次出门和那个男人幽会，每次和父亲的接触，每次路上看见熟人或汽车后让我低下脑袋悄悄告诉她，还再三关照我们是去看医生……看医生去的。可是去邵基大夫的路上那一段墙面是被蝙蝠偷吃桑葚弄脏的，我们走的路那段墙却干净洁白。她会骗我，“或许我们在打针时，别人把墙刷白了。”可是大夫的房子怎么也变了，桌子也换了样？医生诊所墙上贴的是一个孩子在喝一种特别的牛奶，还有一张画里一个金发的婴儿在妈妈怀里吃奶。这些怎么都变了？

床也变了，地板的花样也不一样了。“我们是去诊所的，你明白了吗？”可是为什么医生的脸也是陌生的了。邵基大夫从不关百叶窗，弄得屋里黑乎乎的。诊所的窗外可以看到粗大的桑树和成片的桑叶。而我们去的屋子永远是黑黑的，黑得看不清墙上的画片。模糊中好像是一个皱眉蹙额的男人，穿着军装，挂着奖牌……我要你承担这一切矛盾，一切使我睡不好觉、害怕尿床、结果在白天尿了床的矛盾。

“你从哪里钻到我屋里的？真把我吓死了。主呀，我女儿疯了。”母亲对不断问她的一个邻居说，“我出去要一点儿茴香时，这个小东西有什么权利离家外出？一去去了三个钟头，真不要脸，还闹得天翻地覆！说，去哪里了？”

邻居阿塔夫在替我说话：“老姐妹，我看她是找共产党练打靶子去了。你在南边的时候，年纪轻一点儿的女人都去共产党总部登了记，每人按自己的能力分配工作。壮一点儿的扛枪，粗笨一点儿的给他们做饭，还有‘其他能耐’的，那就……还用我再多说吗？”

母亲瞪着我，似乎想弄明白我是属于阿塔夫说的哪一类。雨把我淋得透湿，我站在屋中央，水从我脸上、肩上、鞋上淌到地板上。可能我的样子特狼狈，母亲开始还忍着没笑出来，可是后来看了一眼阿塔夫，两人一起哄然大笑起来。这时，谁骂了一句，另一个笑得更厉害。母亲用衣袖擦干了笑出来的眼泪，我忍住了不想流出来的眼泪，来自内心深处，来自燃烧着仇恨的灵魂深处的泪花在我眼眶里转。邻居把我看成笑柄，母亲在旁推波助澜，同声附和，看来要她对我的肚皮负任何责任实在是想得太美了。听了我的话，她会笑着嘲讽我："这不可能。我不信有哪个男人会到你身边来，不能想象你会和男人发生关系。"

我第一次从非洲回来时，她没完没了地追着我问如果恨马吉德有原因的话，这个原因是不是逃避男女之间发生的一切。我从不对她的话发表什么观点，对她无休止的提问也往往沉默以对。最后有一次实在忍无可忍了，我大喝一声："他跟我睡觉了，但没用！”她也对我嚷嚷："看在主的分上，我不信。除非我亲眼看见，我没法相信。”

两天后，她突然以另一种方式重提旧事，给我出了几招：应当跟他调情；要装出害羞的样子；他回家开门时，跑上去亲他一口；每天晚上洗个澡，天天换不同的睡衣；全身喷香水；头上插花，不能赤脚，更不能大声回话。母亲的话让我比过去更恨马吉德，更恨过去跟她一起去黎巴嫩生活过。可是现在她发展到和邻居一起嘲弄我，置我肚子的麻烦于不顾。我应当关上房门，吃光白药片。明天早上，一了百了，我的历史将和人们的墓地一样化作一抔黄土。我不明白怎么突然想起了萨米，想起我们的关系必定会随着战争的气氛或不同于一般的突发事件而结束。他躺在我身上好像对我已毫无意义；好像我从没有紧贴着他，要他把全身重量压着我；好像我也不曾在快感时大声喊过，也没有和他躺在一起过。

我为什么没有想起他。我的坚定和我的问题已经阻碍了我想还原成人的美丽的感觉。从我第一次登上楼梯开始他就在等待、沉醉、给予、接受。如今，似乎他也淡出了我想象的美景之外，我还可以说他是我目前问题的主因，是我麻烦的始作俑者。尽管如此，我没有让他进入我的思绪。想到他时，我头脑里一片苍白。会不会因为我会想到当他听说我是被他受孕的，他的反应会若无其事地说上一句:“宰赫拉，你必须去打胎。”马立克的年龄也大了，脸型变长，脸色苍白，肚子隆起像怀了孕。

不过，马立克的情况又另当别论了，他有家室。而我的狙击手还是独身，不是吗? 贝鲁特的混乱和无政府状态肯定会让他以为宰赫拉将安全度过孕期，然后突然举行婚礼再把孩子生下来。这种想法长久地盘踞在我头脑里，逐渐把它当成事实。我怀孕的整个问题第一次变得如此简单。这个自称萨米的狙击手闯进了我思想的每个角落，幻觉出了如此多的美好形象：长时间地钟情地看着我、温柔文雅的举止、压在我身上的感觉、要我天天去看他……一讲起他的童年往事和回忆永远口若悬河，虽然说的都是过去，但他的心是向我开放的。为什么不是这样呢? 他不说现在，一定以为我早就什么都知道了。也许怕我知道得太多后再也不去找他了。也许我该把什么都告诉他，这样，他没有了恐惧心理，问题也就迎刃而解了。事后，我也无须再吃那些白药片，毒素也就不会溶进血管，在他不知情的情况下流进我体内胎儿的身体里。

公寓房的家里有条件让我这么想，这是一种没有房门可锁、让我有时间吞完药片再坐以待毙的气氛。一有喜剧演员齐亚德·拉巴尼的节目，母亲会把收音机开得很响。我非常喜欢听他的节目，他有一种引发你内心深处笑出声来的魅力。母亲会坐在屋子中央，拿着针线缝床罩，全然不顾外面连天的炮火。我会这样躺着，一觉睡到天亮，睡上一天直到我去找他的时候。

可现在我第一次难为应该怎么睡，仰天躺着还是侧身？万一母亲进来见了我的肚子，我的计划就全泡汤了。但这还不是真正的理由，真正的理由是怕压坏了肚子里的小宝宝。也许是幻觉，我觉得肚子里有动静，也许是两下，也许是三下。

在告诉萨米前我先跟自己说，如果他不敢对我的肚子负责或态度暧昧，我会退一步跟他说，我有不采取堕胎的解决问题的办法。我立刻向他告别，马上回家，毫不迟疑地吞下全部药片，这是我最后的决定。

现在我到了最后一级楼梯，面前站着那个萨米。我不知道这次是不是我能见他的最后一面，还是我今生能爬的最后一级楼梯？一照面他就说："安拉保佑，但愿你今天好多了，我真替你担心！"

我没有笑，也笑不出来，心里沉甸甸的。他走上前来，接过我手里的黄塑料袋。我突然蹦出一句话："我怀孕了。"

他一下僵住在原地，半晌才张口："怎么……怎么会呢？我一再告诉你不能怀孕。"

我很快回答他："说这话的人什么也不懂。"

他全身一震，脸色苍白，不听我的回答，也不管我的心跳得多快，舌头多么干燥："什么？你是说你没有采取避孕措施？"

"吃错了药。"我脱口而出。

他走到我身边，说："没什么，别紧张，明天你去找一个媒婆，亚美尼亚人，住在米兹拉阿附近，叫阿扎德瓦希克。就说拉吉布家给你的地址，她就明白了。"说着从口袋里掏出一百里拉，"先给她五十。她一定再要时把剩下的给她。"

看着眼前这张一百里拉的钞票，眼前只剩下它那暗灰蓝的颜色，其他的一切，他的手，别的形象都已消失不见。整个世界似乎都融合进了那暗蓝的调子里，没有过去也不见将来。我要想，但这蓝色密密地裹住了我的思绪，盖住了大地，挡住了空间。我头脑里想的没有一桩不是和死有关的。我有什么办法把一天比一天大的肚子藏起来？我能像往常那样若无其事地吃饭、睡觉、打哈欠、揉眼睛吗？

如今，我的思路都集中到了一点：吞下白色药片，快快去死。但是吃阿司匹林洗胃可以救活。要不喝农药，可以立刻致命。我可以大口快速咽下，甚至连舌头都不沾。为什么这些都发生在我的身上？

所谓到了极点就是人们无法忍受肉体的负担，这跟吐掉肚子里的东西一样。我的事能跟谁讲？当任何解决都变得毫无意义时我又怎么能找到解决办法？如今每个想法都指向一个事实：我已经进入了四个月的孕期。为什么这些都发生在我身上而不是别人？为什么我没有安排自己消失在这场混乱中？为什么安拉不抛弃我？为什么主从千百个妇女中挑出了我？难道他忘了我过去的所作所为？就我应当承担一切灾难？……我没法往下想了，我烦乱绝望。当我转身离开那狙击手呆立的地方时，眼前能看见的就是这张灰蓝的钞票。火箭以一种奇怪的声音掠过天空。我要躺下，要睡觉，我双手交叉抱住肩头，蜷起膝盖顶着肚子。

多少个日夜我用来寻找解决办法，没有找到。现在他倒好，伸出手，捏着一张蓝色钞票，这似乎成了我和复得的生命中的一座桥梁。

呀，在这神秘的受压的一刹那，这一切显得多么容易。我的思想像一只蝴蝶在玻璃笼内振翅欲飞，扑打的翅膀每每碰着坚硬的玻璃墙，它不信自己被囚禁在无人可救的匣子里，而周围的一切又都是炫目的绿色、紫色和蓝色。我现在怎么办？我该怎么想？所有的想法和行动都行之无效，我现在只想躺在浴盆里，让温暖的水流遍全身，水流让我舒适。水流声、水抚摩肌肤的感觉使我觉得镇静安详，能抚平我身体上的膨胀。我很想坐下。我想坐在台阶上，头埋进两腿间，我会闭上双眼，喧嚣声不复在耳边轰鸣。耳畔传来萨米的声音，只有他的声音还能听见。他在摇晃我，在喊，在叫。我实在不想听见任何声响，只想好好地躺下来睡上一觉。“宰赫拉，你怎么啦？宰赫拉！听见我在跟你说话吗？”

似乎我的体温驱散了浓雾中的水滴，又像是一根电线传来了一记冰冷的电击，我突然站起身，就像要爆炸。那是我脸上身上积聚的、反对赐予我的那张冷冰冰的蓝色钞票的巨大热量的释放。他把我脸转向他，用一种奇怪的声调问道：“怎么了，宰赫拉？告诉我为什么生这么大的气，是因为我给你钱了？告诉我好吗？宰赫拉！”

我放声大哭，和堂姐伊克拉姆要送进精神病院一样哭得好伤心。但她的哭是无意识的，不高不低，不轻不重，永远是一个声调，封装着她感情和疯情的眼泪断线珍珠似的从脸上不停滚落。她的脸形似洞窟，随着鼻子里黄脓黏液的流出不断开启或封闭其通道。我记得母亲当时的一句话：“她的脑子融化了。”

和伊克拉姆不一样，我哭是有原因的。在他的话音里，我既想停又想哭。我不想跟他一起解决这个问题。他除了给一张一百里拉的钞票又不可能跟我结婚。我把医生的话都跟他学着说了。听了我的话，他没有放开我的脸，喊道：“这个骗子，女人怀孕四个月后完全可以做流产。”

没关系，你这个男人！“那个医生是骗子，我也是骗子，我劝你忘了我刚才的话，也忘了我的肚皮，它已经很难遮掩了。让我忘了它，劝你也忘了它。把那张蓝钞票收回你的兜里，这笔钱够你买一千碟加上橄榄油和柠檬的干蚕豆，你可以坐在我卧室窗户对面欣赏玻璃上你自己的影子。按习惯年轻人死了，照片都要放大后挂在墙上，我们还没来得及做。镜框周围也还没扎上黑布条，母亲也没来得及把干了的花换成鲜花。要知道，这个年轻人的死不是安拉的意欲，是丑闻，她的死是不合法的。她中断了自己的生命也是有罪的。我如果披露了真相，他们会怎么办？会给我弄个新郎来吗？谁愿意娶个孕妇！还把我送回非洲吗？但舅舅哈希姆再也没有给我和家人通过信。我敢发誓只要他还活着，绝对不会再跟黎巴嫩人说一句话了。他曾给党部去过信，问过暗杀交战双方领导人的事，还自荐可以担任这项任务，但没有人给他回过信。我未婚生子母亲会高兴吗？尽管父亲已年老力衰，但会不会仍然对我施以暴力？没关系的，萨米！任何解决方式到我头上只有一条：先躺下，再睡觉，然后是死亡，或者是睡觉和死亡在一起。”

我很愿意在这一刻死去，属于我的一切都随之而消失。我愿意躺着，两手各抱肩头，膝盖顶着下巴。我愿意像胎儿一样蜷缩着，我们不都是这样偶然地来到人间的吗？错了！有时还不太费力，也不带女人欢快的呼声。有时，有女人喊着“我讨厌你”而男人正压在她身上。还有时，女人白天累得打呼噜睡着而丈夫还在一边捣乱。我听到了他的声音,听到了他的喊声。但我不愿意看到那张百元钞票,不想听到“不可能”，不想听到他过去的回忆就叫作被出租的东西，我只想一个人平平安安地在这高层的台阶顶上小憩片刻。

我觉得有人在晃我的肩和头。我从膝盖上抬起头来，发现他的嘴唇在动，他在说话:“那好吧，宰赫拉。听我说，听着……我们结婚好了，千万别这样，我求你了。”

不管是否是雷声充斥着我的耳朵，他的手不摇了，我抬眼看着他，下巴还是搁在膝头上。一定是我脸上做出了什么奇怪的表情，萨米惊恐地瞪着我，一脸木讷、蹙眉、紧张，高耸的鼻子不住地抽动，喉结似乎要蹦出喉咙。只听得他重复这么几句话：“宰赫拉，听我说，我们结婚……听见我说了吗？我们结婚。”

我低声回答他:“我听见了，不过我头痛得要裂开了，我想回家去。”

他也安静地回答我：“主诅咒撒旦。你不用紧张，回家去休息好了再说其他的事。”

也不知道过了多少天，我只知道听他说过："主诅咒撒旦。我早注意到你的肚子见长，我心想一定是你吃多了肉丸子或什么东西。"

又不知道过了多少天，我又听他在唠叨："知道吗，你真把我吓了一大跳，你生气的时候总是那样的吗？是不是你一高兴就那样？"

多少天又过去了。我感到他的手在抚摩我的肚皮，一边说："按安拉的旨意，希望你生个小战士……就在那连天的炸弹火箭声里。"

恬静的气氛和他的话使我逐渐跳出了沉思和慵懒，可是再也没有听到他提过一句结婚。我感到自己像漫步在云脊上，云朵带着我轻轻地旋转。一站定脚跟就听得他在说："多休息，别担心你的父母。明天我们就结婚。到时候，你跟他们说，就是我常跟你在一起的。"

我重新躺倒在肮脏的床单上，满脑袋静止的想法开始浮动，慢慢地凝聚成了我母亲的形象，她正为我的早产觉得奇怪。我听到她在问我怎么办。我回答她"不要紧"。只见她匍匐在地，连连亲吻脚下的黄土，感谢我终于给她找来了一个女婿。在这兵荒马乱的时候，年轻人想结婚实属罕见。

我想坐起来，挣扎着坐在地铺上。萨米看着我，说："明天一早，我和父母一起去你家。"

我宽心地点点头，宽心中略带不安。我不想让父亲知道我怀孕的事，尽管他的脾气已经无关大局。这些天里，喊叫、惊呼甚至忧伤也都毫无意义。我是不想听他说，哪怕是自己在嘟囔："小鸭生来会游水，老鼠的儿子会打洞。"

我突然问他，"你是个打黑枪的？"我怕墙壁会听见，所以尽量压低了声音。出乎意料的是他一下子蹦得老高，一脸深仇大恨似的怒不可遏，大喊大叫："狙击手？你说什么？你是真的疯了不是！不相信我到这种程度？有人现在连自己的亲爹妈、亲兄弟都不信了，谁告诉你我打黑枪？"

我怕得发抖，做梦也没想到他的反应是如此的强烈，无法想象刚才还是好端端躺在褥子上的一个人，一下子变得要吃了我那么凶狠。我还是怕，为了自己，说话也结巴了："我可以发誓，谁也不知道我来这里。我们的事只有安拉知道，安拉可以做证。"

我本能地护着我的肚子说道："早先，我在姨妈房顶上洗澡时，看见你一个人拿着望远镜和枪，我私下里认为你是个打黑枪的。这是从报上看到的，报上说这个区里有个打黑枪的狙击手。"

他问我："这么说你是我以前看见的那个半裸着身子的？"

出于某种原因，我没有弄懂，但他的问话又使我害怕。这时我已完全清醒，思路清晰，行动不再迟缓。

他背过身去，我走上前："事到如今，向主发誓，我已经把什么都忘了。你说得对，人们已经连自己的影子都在怀疑了。真要相信你是打黑枪的狙击手，你想，我还能过来吗？"

重又转向我的时候，他还在生气。他涨红了脸，想尽量用平静的口气说话，但话一出口又是火气十足的："我以你生命和你肚子里孩子的生命发誓，我不是打黑枪的。过去我在苏尔苏格市场里有一个铺位，卖衣服，现在全完了，也没有别的工作。为了你我才来这里。这些日子，从老人到卷毛孩子，谁手里没有一支枪？！谁都要保护自己。那天我是坐在屋顶上看他们打。"

我微笑地看着他，但看了他紧蹙的眉头，我的笑意消失了。趁着我的笑容还没褪尽，他一把拉我过去，我伸手护着肚皮，闻到了熟悉的汗味，粗糙的下巴扎着我的脖子。不一会儿，他放开手让我走。"你走吧，明天我和家人去你家。"

我点点头，想说点儿什么，但很快又改变了主意。我附在他耳边："什么也别说。"

可能他没有明白我的意思，奇怪地问我："什么？"

我又重复了一遍，笑着说："什么也别说……我的肚子。"

他点点头，好似大梦初醒："别怕，相信我。"

道别后我跑着下了楼梯，我想飞回家里，跟母亲说我要结婚了。不过，一想起就在昨天晚上她还和邻居一起嘲笑我，一股热情顿时消了大半。反正只要萨米和他父母一敲门她也就明白了。萨米应该是他的真名吧，否则今天他应当告诉我，但他究竟是不是个打黑枪的狙击手呢？

我上了大街。萨米答应和我结婚，对我而言战争已经停止了，一切转入正常。难道是他用传心术向各派力量宣布了我们即将举行婚礼，制止了他们的交火和轰炸？

夜晚多美！我回家晚了。天气不冷不热，从云端里洒下几滴雨水，要是明天一早醒来听说战争结束了，那该有多好。他会是一个狙击手吗？我必须把多少天来的忧虑和疑问抛在一边。我们一旦结婚，他即使是，也应当改行干别的。他会不会继续给我编故事、骗我，最后离我而去？我们住哪里呢？在楼里和他家人住一起（如果这是真的）？当然最好另租一套房子。这些细节我们为什么没谈过？不过没关系，明天来得及。我想跑，想跳进空气里，可惜两条腿不听使唤。家怎么这么远？是不是因为黄昏的缘故？我应当到马路对面去，那边楼房的灯光可以驱散昏黑的恐怖。这是不是我最后一次一个人走路？我还是有点儿怕，不应该在外面待到天黑才回家。

和他来往这么久，我从没有像今天那样待到天黑才回家。夜晚降临了，大街上除了路障上站岗的杳无一人，雨又淅淅沥沥下了起来。我差点儿绊倒，踉跄了几步后，赶紧抱住一根电线杆。我大腿一阵刺痛，越来越痛，弯下腰去按痛点时，觉得有东西，湿湿的，顺着腿往下流，一直到脚面上，是雨水吗？显然雨还没那么大。哦，小产了！……我一点儿力量都没有了……不，不能停，必须到家……呀，好痛啊，我实在动不了了，一下倒在地上。恐惧中掺杂着刺痛，痛到心里。我摸到了痛点，摸到了什么黏糊糊的东西。天虽然黑，但还是能看出这是血，一定是被流弹打了，可我什么声音也没有听见啊，除了淅淅沥沥的雨声，周围一片寂静。我每摸一下脸或脚，痛得就更厉害。我听到发自内心深处的喊声："救命啊！"传来一阵脚步声，又渐行渐远。有人在喊："小心打黑枪的！"疼痛已经蔓延到脖子，"救命啊！"恐惧使我像一只切断了脖子的鸡，不住战抖。我使出了全身的劲，拼命地喊救命。人声还是很远，雨点敲击着我的脸。黑暗中，我瞪大眼睛看着那些大楼，挥动双手，幻觉中不知道这喊声出自谁的喉咙。

疼痛转到肚子上，我的手指抠进土里。难道是萨米在我肚子里种下的这个孽障现在惹出的麻烦？难道他只是红楼上的狙击手？难道他故意把我打伤而不想将我置于死地？难道当我跑向马路对面时他误伤了我？我瞪大眼睛看着黑暗。雨点打在脸上、身上，全身都湿透了。我已听不见任何声音，不时地传来一两下耳语也似乎离我很远。声带牵动着心底，再喊就更痛了，一定是这个狙击手想杀了我。第一、二枪没打中我的头，第三枪误中我的肚子。我喊不动了，也不打算去摸那如注的大出血，只是静静地倾听着雨点劈劈啪啪打在那自以为能给我带来永久好运的黄塑料袋上。我好像在等待每滴雨点的降临，好像听见远处在喊："一个女人！"声音闷沉得像是山洞里的回声。好像他们还在喊，"别过去，小心打黑枪的！"

眼前一片黑暗，攫取我周身力量的恐惧转为哭泣。我想看看妈妈的脸。艾哈迈德又在哪里？妈妈呀，你在哪里？你坐在哪间温暖的屋子里？我现在多想靠在你身边。我为什么一个人孤寂地躺在街中心，浑身鲜血，大雨如注？

我慢慢习惯了剧烈的疼痛，也习惯了无边的黑暗。我闭了一会儿眼，居然看到了眼前冒出的金星，接着而来的是一道彩虹横过白色的天空。

是他杀了我，是他用跟我做爱时眼皮底下的子弹杀的我。是他杀了我，刚才盖在我身上的白被单还没有展平。是不是因为我怀了孕他才下的毒手，还是我问了他是不是打黑枪的，所以要杀我？……好像有人在搬动我的手脚，我还要喊“救命”吗？

我喊了，可就是一点儿也听不到自己的声音。我闭眼好呢还是睁着好？彩虹依然架在白色的天空上，层层叠叠。天空依然是白色的，天外有天。绚丽的虹的色彩一道又一道，相互追逐，横过炫目的白色天际。雨还在下，我已经觉不出它的存在了。耳边又传来一个声音：“小伙子，过来吧！”他们是不是还在救我脱险？我妈妈呢？她还待在那暖屋子里吗？我真想和她在一起，我想回家，我怎么又是一个人了……黑暗变得如此可怕。因为害怕，我浑身疲软，身无定形，好像每块肌肉、每根筋腿都已被割成碎片。

是他杀了我。因为想杀我，所以一直留到天黑才放我走。也许他无法在大白天面对扣扳机把我打倒在地这个事实……他们在把我弄走，有人在拖。雨还在下，我还躺在原地。好像又有人说了一句：“打黑枪的还在。”众人纷纷撤了。我重又闭上眼睛，好像过去从未睁开过。我看见无数条彩虹越过白色天际，渐走渐近。

图书在版编目（CIP）数据

宰赫拉的故事 /（黎巴嫩）哈娜·谢赫著；陆孝修，厉津译. -- 北京：华文出版社，2018.3

ISBN 978-7-5075-4883-9

Ⅰ. ①宰… Ⅱ. ①哈… ②陆… ③厉… Ⅲ. ①长篇小说－黎巴嫩－现代 Ⅳ. ①I378.45

中国版本图书馆CIP数据核字（2018）第048493号

宰赫拉的故事

作　　者：〔黎巴嫩〕哈娜·谢赫
译　　者：陆孝修　厉　津
策　　划：杨　平
责任编辑：杨　宁　郭俊萍
特邀编辑：李志花
出版发行：華文出版社
社　　址：北京市西城区广外大街305号8区2号楼
邮政编码：100055
网　　址：http://www.hwcbs.com.cn
电子信箱：silkroadlibrary@qq.com
电　　话：总编室 010-58336239　发行部 010-58336267
　　　　　责任编辑 010-58336258
经　　销：新华书店
印　　刷：北京画中画印刷有限公司
开　　本：710 × 1000　1/16
印　　张：12
字　　数：130 千字
版　　次：2018 年 5 月第 1 版
印　　次：2018 年 5 月第 1 次印刷
标准书号：ISBN 978-7-5075-4883-9
定　　价：38.00 元